集英社オレンジ文庫

異世界温泉郷

あやかし湯屋の嫁御寮

高山ちあき

本書は書き下ろしです。

もくじ

ayakashi yuya no yomegoryo

イラスト／細居美恵子

異世界温泉郷

あやかし湯屋の嫁御寮

ayakashi yuya no yomegoryo

凛子《りんこ》は十歳のとき、とても大きな犬を助けた。
神々《こうごう》しいほどの真っ白な被毛《ひもう》。
宵《よい》に残った陽の光を閉じ込めたような深く美しい琥珀《こはく》色の瞳。
目の縁《ふち》には唐紅《からくれない》のサシが入っていて、ただの犬ではなかった。
体には赤く細い組み紐《ひも》が複雑に絡みついて、ところどころに血が滲《にじ》んでいた。
怖かったけれど、おそるおそるその紐を解いてやった。
助けてくれと訴えられている気がしたからだ。
どれほどの時間がかかったのか、どうやって解《ほど》いたのかまではよく覚えていない。
犬は自由になると、血に汚れていた毛並みに輝くような艶《つや》を取り戻した。
そして去り際に、凛子の手首を嚙《か》んだ。
甘嚙みだったが、皮下には牙の痕が残った。
その夜、犬が人に姿を変えて夢の中にあらわれた。人形のように美しい顔立ちの男だ。
男は昼間の礼を告げたあと、続けざまにこう言った。

――嚙み痕は目印だ。二十歳《はたち》になったらおまえを迎えにくる。

翌朝、犬に噛まれてできた噛み痕は、痣《あざ》になっていた。

その日を境に、凛子はそれまで見えなかった異形《いぎょう》のものたちが見えるようになったのだ。

ようこそ、黄泉の温泉郷へ

1.

桜のほころびはじめた三月の終わり。

蒼井凛子《あおいりんこ》は、奥出雲《おくいずも》にある老舗《しにせ》旅館のお風呂に浸かっていた。

湯けむり香る、広々とした石造りの露天風呂だ。

析出物《せきしゅつぶつ》こってりの湯口からは、澄んだお湯が滾々《こんこん》と注がれている。

「あ～気持ちいい。極楽極楽」

おやじみたいに頭にタオルをのせ、岩肌に背をあずけてつぶやく。

凛子は今日で二十歳になった。

ここは十年前、母とふたりで訪れた思い出の旅館だ。風呂だけでなく、料理もおいしくて居心地もよかったから、凛子が大人になったらまた一緒に来ようねと約束した。

母は、その夏に交通事故で亡くなってしまった。父も生まれたときからいないので、今回はひとりぼっちなのだが、二十歳を迎え、母との約束を思い出し、惹《ひ》かれるようにこの旅館にやってきた。

夕食の時間帯を狙って入ったおかげか、風呂は貸し切り状態だった。

「今日ノ風呂、熱イ？」

肩先に乗っている白くて小さな狐顔の動物が問いかけてきた。

「そんなに熱くないよ。オサキも入りなよ」

凛子がふわりとした長い尾にふれてうしろから促すと、小さな動物はするりと凛子の肩を降り、ちゃぷんと湯の中に潜りこんだ。

これは自身が意図して姿を見せない限り、普通の人には見えない存在――妖《あやかし》だ。

凛子は幼いころ、助けた犬に噛まれたせいで彼らが見えるようになってしまった。

この小さな狐みたいな妖は、母が亡くなった頃から、よく凛子の周りにあらわれるようになった。神出鬼没《しんしゅつきぼつ》で一匹のときもあるし、群れであらわれることもある。体長は二十センチほどでひょろ長く、皆、尾がふたつに割れている。幼子のような小声でカタコトを喋《しゃべ》るが、いまいち言葉を理解してもらえないこともある。調べたところ、オサキという狐の憑《つ》き物の一種らしかった。なので、凛子は勝手にオサキと呼んでいる。

お湯に潜っていたオサキが、ぴょこ、と顔を出した。

「イイ湯ダヨ」

「そうでしょう。お肌がつるつるになる炭酸水素塩泉《たんさんすいそえんせん》だって」

凛子はお湯を両手で掬《すく》いながら言う。

お風呂は大好きだ。連休がとれると、よくひとりで温泉旅行に出掛ける。自宅の風呂にバスソルトやアロマオイルなどを入れて楽しんだりすることも多い。

お風呂好きなのは、母の影響なのだと思う。

母は看護師で、凛子との生活を支えるために毎日忙しく働いていたが、休みの日にはよく温泉や銭湯に連れて行ってくれた。お風呂やハーブに詳しい人で、一緒に湯槽《ゆぶね》に浸かりながら、それらにまつわるさまざまな逸話や蘊蓄《うんちく》を聞かせてくれた。

母が亡くなってから高校を卒業するまでは、叔父《おじ》夫婦の家に世話になった。そこでは肩身も狭く、なにかと辛《つら》い思いをしたが、お風呂に入るときだけは母との思い出に浸れて幸せだったものだ。

「はぁ……。旅行が終わったら職探しか……」

凛子は夜空を見上げた。

高校卒業後は東京に戻り、この二年間はハーブカフェでアルバイトをしながら短大に通った。

まわりはみんな、就職したり四大編入したりと進路が決まっているけれど、凛子はいまだに白紙の状態だった。アルバイト先に正社員として雇ってもらうつもりでいたのに、アテが外れ、急遽《きゅうきょ》、二月末で辞める羽目になってしまったからだ。

夜空に散らばった小さな星が、気にすんな、とばかりに元気に瞬いている。

そうだ。ここへは命の洗濯《せんたく》のために来たのだから、現実を考えるのはやめよう。

仕事なんか、選《よ》り好みしなければどうにか見つかるし。

「うん、なんとかなるって」

生活ギリギリの貯金しかない身なので、あまり遊んでもいられないのだが、と思いつつ、潜って遊んでいるオサキをつかまえようと手を伸ばしかけたとき。

「え？」

気づくと、いつの間に入ってきたのか、湯気の向こうに鋭い金色の眼をした小奇麗《こぎれい》な娘がふたり立っていた。頭には黒い猫の耳があって、縹色《はなだいろ》の着物を着ている。それが人ではないことは一目瞭然だった。

「あなたたち、妖……」

凛子は、身をこわばらせた。小物のオサキとは違い、怪しく不穏で、なにかひと事件を起こしそうな威圧感がある。

女たちは「いらせられませ」と両側に近寄ってきて、丸裸で湯に浸かっている凛子に襦《じゅ》袢《ばん》のような白い着物を着せつけてきた。

次いで、湯けむりの中から若い男もあらわれた。

女湯に男?

あってはならないことに目を剝《む》いている凛子に、男は妖しくほほえんで告げた。

「約束の日だ、君を迎えに来た。おいで、黄泉《よみ》の温泉郷へ」

差し伸べられた手は、凛子になんの選択も与えてはくれなかった。

男の手が凛子の手首にふれたとたん、あたりの湯気がいっそう濃くなり、凛子は強いめまいに襲われた。

嘘でしょ……。そう思ったのが最後だった。

硫黄泉《いおうせん》でもないのに、むせ返るような硫黄《いおう》の匂《にお》いとともに、ごぼごぼと湯水の中に引きずり込まれ、やがて彼女は深い水底に沈むように意識を失った。


ぴたぴたと頰《ほお》を叩かれ、凛子ははっと目を覚ました。

枕元には黒髪のおかっぱ頭の小柄な女の子がいた。睫毛《まつげ》の長い大きな眼で自分を覗《のぞ》き込んでいる。

「だれ……？」

かすれた声で凛子がつぶやくと、

「お凛ちゃん、目、覚めただか？」

女の子は待ちわびたようすで訊いてきた。年のころは十四、五くらいだが、頭にはふたつの角《つの》があるし、瞳の色がめずらしい黄金色だ。

凛子は眉《まゆ》をひそめた。旅館の露天風呂に猫娘たちがあらわれて、そのまま湯水に引き込まれたことまでは覚えている。それからのぼせて倒れてしまったのだろうか。

「大丈夫だか？」

女の子の妖は小首を傾《かし》げて訊いてくる。

「大丈夫だけど……、あなたは鬼の妖だよね？」

凛子は慎重に問いながら、のろのろと半身を起こした。見ると、知らない柄の浴衣《ゆかた》を着せられていた。

「そう。鈴梅《すずうめ》っていうだよ」

鬼の妖――鈴梅はにこりと笑って答えた。愛嬌《あいきょう》のある顔には、ほっとした。危険な鬼ではなさそうだ。

周りを見回すと、ずいぶんと広い和室だった。二間続きで、ゆうに二十畳《じょう》はある。あの旅館の別室だろうか。見ごたえのある松竹梅の彫刻欄間《らんま》や、麗《うるわ》しい四季花の描かれた金《きん》泥《でい》引きの襖《ふすま》など、隅々まで贅沢《ぜいたく》な設《しつら》えだ。

凛子は窓の外に視線を移した。

露天風呂に入ったときは夜だったが、今はもう朝で、うっすらと霧がかかっている。

一晩、眠っていたらしい。

霧の向こうにぼんやりと見える景色は、泊まるはずだった奥出雲の旅館から見たものとは違っていた。

なんで違うのだろう。

凛子は布団から出て、窓辺に寄って古めかしいガラス窓から外をのぞいてみた。

少し離れた場所に、瓦葺《かわらぶき》の家屋の集落が見える。そこから離れたところにも点々と建物がある。こんもりと生い茂る緑の中に、まばらに薄桃色の桜の木が混じっていてきれいだ。ところどころにある源泉からたちのぼる湯けむり。朝靄《あさもや》に霞んで五重の塔《とう》や、甍《いらか》をいただいた高楼《こうろう》なども見えて、どことなく中国の古都のような雰囲気《ふんいき》もある。

彼方《かなた》は霧に包まれているが、かすかに山の稜線《りょうせん》を辿《たど》ることができた。

「ここは、どこなの？」

凛子はふり返り、鈴梅に問う。

「ここは黄泉平坂《よもつひらさか》にある温泉郷の四大湯屋のひとつ、〈高天原《たかまがはら》〉だべ」

「黄泉平坂？　……聞いたことがあるような、ないような言葉だわ」

「黄泉平坂は、黄泉の国に繋《つな》がる坂道のことだよ」

「黄泉の国……」

凛子はひやりとした。

「それって死んだ人がいくところじゃなかった？」

もしかして、自分は死んでしまったのだろうか――？

「そうだべ。一旦、黄泉に行ったらもう二度と戻っては来られないよ。お凛ちゃんは昨夜《きのう》、その境にある湯屋の旦那様《だんなさま》に連れてこられてお嫁さんになっただよ」

「お嫁さんっ？」

凛子は耳を疑った。

露天風呂に妖があらわれたのは夢ではなかったようだ。

「だれのお嫁さんになったの？　もしかしてあの男の妖の……？」

「そうだよ。ここの湯屋の三代目の嫁だべ」

鈴梅はにこやかに言う。

「待って、私、妖と結婚した覚えなんかないわ」

凛子があわてて言うと、鈴梅はにわかに悲愴《ひそう》な顔になった。

「やっぱ薬のおかげだったか。なんも覚えてねえべか」

「薬？」

凛子は眉をひそめる。一体自分に何が起きているのだろう。

「今朝、それらしい話を聞いただよ。花嫁が言うことをきかないので、介添《かいぞ》え役の猫娘たちが、支度《したく》の時にひそかに言いなりになる薬を飲ませたって。そんで、旦那様に夢中になる暗示をかけて婚礼の席に臨《のぞ》ませたらしいだよ」

「夢中になる薬……？」

そんな薬が存在するのか。

「でも祝言《しゅうげん》の最中に成婚の杯を飲んだとたん、お凛ちゃんが倒れちまったから、そこから薬のことが旦那様にばれて大変なことになってたんだべ」

つまり凛子は、その成婚の杯とやらを飲んでから気を失っていたということだ。

「それ、本当に全部本当なの？　結婚とか……」

あまりにも突飛《とっぴ》な話でついていけない。

「もちろん本当だべ、ほら」

鈴梅は袂《たもと》から、薄いわら半紙みたいな紙をうれしそうにとりだした。

「これは……？」

凜子は鈴梅のとなりに腰を下ろし、紙を受け取った。紙面には絵や文字がびっしりと刷《す》られている。

「刷りたてほやほやの温泉郷かわら版だよ。ふたりのことはこの通り、もう昨夜のうちにばっちり郷中《さとじゅう》に知れ渡ったべ」

かわら版を見ると、太字の見出しは『祝・湯屋高天原三代目　夜半の婚姻』。

残りの細かい文字は流れるような草書体《そうしょたい》なので何が書かれているのかよくわからない。

浮世絵師が描いたと思われる白黒画で、でかでかと婚礼の様子が描かれている。

夫婦は並んで酒杯を飲んでいる。新婦は白無垢《しろむく》の婚礼衣装に身を包んだ娘で、新郎は目じりに朱色のサシの入った黒紋付きの羽織《はおり》に袴《はかま》姿の白い犬だ。

「新郎が思いっきり犬なんですけど……」

「あはは。それはかなり誇張されて描かれてる状態だから。旦那様は狗神《いぬがみ》だからな」

「狗神……」

凜子はどきりとした。一瞬、幼いころに見た、遠い夢の記憶が脳裏《のうり》をよぎった。

「ふだんは人の姿をしておられるよ。どんなお顔って？　そりゃあ芝居小屋の二枚目も顔負けの、目の覚めるような美形だべ」

鈴梅が両頬に手を当て、夢見るようなぽわんとした顔になった。

たしかに露天風呂から自分を攫《さら》った彼に、醜《みにく》くておどろおどろしい印象はなかった記憶だが。

「でもこっちが本当の姿ということよね？」

「どっちも正真正銘《しょうしんしょうめい》の旦那様だよ。姿を一つしか持たない人間にはこの感じわからないか」

「わからないわ……」

そもそも妖と婚礼などありえない。

「旦那様は、十年前にお凛ちゃんに瀕死《ひんし》のところを助けてもらってるだ。以来、ずっと一途《いちず》に想い続けていらっしゃって、約束の日に迎えに行っただよ」

「十年前……」

凛子は目をみはった。やはり、そうなのだ。幼いころ、たしかに傷ついた犬を助けたことがある。夜、その犬が人の姿に化けて夢に出てきた。もう顔なんか忘れてしまったが、二十歳《はたち》になったらおまえを迎えにくると宣言されたことだけはおぼろげに記憶している。

「あれは結婚するって意味だったの……」

出会ったときは子供だったから、大人になるのをじっくり待っていたわけだ。

凛子は恐怖感がじわじわと増してきた。人間の娘が妖に攫われて、強引に妻にされる昔話はけっこう多い――。

「ねえ、元の世界に戻るにはどうしたらいいの？」

訊かずにはいられなくて、身を乗り出すようにして問う。

鈴梅は小首をかしげた。

「お凛ちゃん、郷《さと》に帰りたいのけ？　旦那様は優しいお方だし、ここは温泉いっぱいのいいところだよ。今は朝だからどこも閉まってるけど、夜になったらいろんなお客が来て楽しくなるべ」

力説する鈴梅の目に他意はなくて、嘘を言っているようすはない。

しかし、いくらなんでもあの世に近い妖の世界に嫁ぐわけにはいかない。

それに、なにか向こうでやらなければならないことがあったような気がするのだ。

「そう、なにかとても大切なことを向こうに忘れてきたのよ」

凛子はぽんと手を打って言った。たった今、それを思い出した。

「だからさっさと帰らなきゃ」

「なにかって何だべさ?」

「うーん……」

凛子は顎《あご》に手をやり、首をひねった。

問われると、それがなんだったのか思い出せない。なぜだろう。そこまできているのに、認識しようとすると靄《もや》がかかってわからなくなる、もどかしい感じ。

「猫娘たちの薬と酒が混ざったせいで、記憶が濁《にご》っちまったんだな。……はい、これがお凛ちゃんの手荷物。旦那様が持ってきてくれただよ」

鈴梅が凛子の旅行鞄《かばん》を手渡してくれた。

「……ご丁寧《ていねい》にありがとう」

凛子は、中を確かめてみた。着替えと、財布、スマホなどがちゃんと入っている。スマホを取り出して画面を見てみたが、電波は届かない状態だ。

ついでにポーチの中を開けてみた。

中から、ちょろっと白い小さな狐顔がのぞく。

「居ルヨ」と狐顔が小声で言った。オサキの顔を見て、凛子は少しほっとした。

「それなんだ?」

鈴梅が興味津々《しんしん》に覗《のぞ》いてくるので、

「これはオサキだよ。狐の妖。小さいころからよく私の周りにあらわれて――」

「ちがうよ、その光る石みたいなやつ」

鈴梅が注目したのは、ポーチの横にあった透き通った黄褐色《おうかっしょく》のキャンディだった。

「これはハーブ入りのキャンディだよ。私が作ったの。食べてみる？」

凛子はキャンディを鈴梅に差し出した。

小さいころ、母がよく作ってくれたものだ。癒《いや》し効果のあるレモングラスとカモミールティーを濃いめに淹《い》れて、グラニュー糖と水あめ、レモン汁を加えて作る。

母はハーブを育てるのが上手で、幼いころから部屋中が植物やポプリだらけだったし、ハーブを使った料理も頻繁《ひんぱん》に食卓にのぼった。凛子もおのずとハーブには詳しくなり、お風呂とともに母を思い出す身近で大切な存在となった。バイト先にハーブカフェを選んだのもそのためだ。

「うわあ、きれいな色だな」

凛子からキャンディを受け取った鈴梅は、それをまじまじと眺めた。

「引き飴《あめ》細工の要領で伸ばしたりかさねたりすると、中に気泡《きほう》が入ってこんなふうに宝石みたいな色艶《いろつや》が出るんだよ」

「はーぶってなんだ？」

鈴梅はセロファンから外したキャンディを口に放り込みながら問う。

「西洋の薬草のことよ。私、ハーブカフェでアルバイトしてたんだ。だからハーブや生薬のことなら少しだけわかるよ」

諸事情により辞めたけど。

「はーぶかふぇ？」

「ハーブカフェは、ハーブを使った軽食やお茶を出してるお店のことだよ。自分の体調に合わせたハーブを食材に取り入れると、病気の回復を早めたり、健康な体の維持に役立つの。きれいにもなれるのよ」

「お茶屋さんみたいなものだか」

「そう。そのキャンディはハーブの浸出液を混ぜて作ったんだよ。おなかの調子をよくしてくれたり、喉《のど》の痛みなんかにも効果があるの。妖にも効くのかはわからないけど……」

凛子は自分もひとつ、セロファンを剝《む》いて口に放り入れた。りんごに似たカモミールの風味が鼻に抜け、手作りならではのおだやかな甘みが口の中いっぱいに広がる。

「甘くておいしい～っ」

鈴梅も両手で頰《ほお》を包んで感嘆《かんたん》の声をあげた。

「でしょう？」

気に入ってくれたみたいだ。が、呑気《のんき》にキャンディなど食べてうちとけている場合ではない。

鈴梅もおなじことに気づいたのか、思い出したようにすっと立ち上がった。

「どこへ行くの？」

凛子が問うと、

「旦那様のところだよ。お凛ちゃんが目覚めたことを知らせに行ってくるべ。心配していらっしゃったもの」

口の中で飴玉を転がしながら言い、くるりと踵《きびす》を返す。

「あ、待って」

まだ知らせてほしくない。凛子はとっさに後を追いかけようとした。

しかし、戸口の前まで来て立ち止まって考えた。このままここに留まっていても、自分は狗神の花嫁のままなのだ。花嫁なんて、きっと名ばかりのものだ。言うことをきかなかったりしたら、そのうちとって喰われてしまうに違いない。

想像したら血の気が引いてきた。妖の奥さんなんて御免だ。鈴梅が狗神を連れて戻ってくる前に、さっさとここから逃げ出さねばならない。

戸の向こうには、もう鈴梅の気配はない。

凛子は手荷物をかばんに詰めなおすと、そっと引き戸をあけてみた。なにか変な妖が出てきやしないか不安だったけれど、そのままおそるおそる部屋を抜け出した。

「オ凛、帰ル？」

鞄の中からするりと出てきた一匹のオサキが、いつもの子供みたいなかわいい声で訊いてくる。

「帰るよ。道がわからないけど、とにかくここを出なきゃ。命が危ないわ」

凛子はオサキを肩の上につかまらせて言う。

部屋を出ると、正面にもうひとつ部屋があったが、戸は閉まっていた。

右側は壁で、左に廊下《ろうか》が伸びていた。

廊下は折り返して階段に繋《つな》がっているようだ。

五階と書いてあり、上に続く階段はない。

「ここが最上階なのね」

贅沢《ぜいたく》な間取りや内装などからしても、凛子がいたのは貴賓室《きひんしつ》だったのだろう。

廊下を進むと、突きあたりに窓があった。

凛子はその窓からの眺めに目を奪われた。

「わぁ……」

庭園露天風呂のある広大な中庭だ。

岩山を中心にぐるりと周りを回遊できる大きな岩風呂は、源泉から引き込んだと思われる湯が、岩山の隙間《すきま》からダイナミックに注いでいる。湯水は底の敷石が透けて見えるほどに澄んでいる。手前にはそれより小ぶりの、にごり湯の露天風呂もある。

風もないようで、陽の光の降り注ぐ凪《な》いだ湯面からはゆらゆらと湯気が立ちのぼっている。馴染《なじ》みのある眺めに、束の間、ほっと和《なご》んだ。

「温泉、入ルヨ、入ルヨ」

「入りたいけど、そんな時間はないわ」

中庭にはほかに、入母屋《いりもや》屋根の二階建てや、茶室らしい佇《たたず》まいの茅葺《かやぶき》の庵《いおり》などがあった。どれも趣《おもむき》のある木造建物で、一見、老舗《しにせ》の温泉旅館という印象を受ける。

凛子はだれもいないのを確認してから、抜き足でそうっと階下に降りていった。

四階には貸し切り湯がひとつと、襖《ふすま》の立てられた和室があった。どちらも広そうだ。

三階は宴会場だった。

左手の大きな宴会場のほうは『有頂天《うちょうてん》の間』。

凛子はぶっと噴き出してしまった。

「有頂天って……」

宴会をやったら有頂天にでもなれるのだろうか。

もうひとつの宴会場は『極楽の間』。どちらもまあ、めでたそうなネーミングの大部屋だ。

二階は左手に広い座敷があり、右手は厨《くりや》になっていた。

どの階も廊下のガラス張りの窓から温泉郷を見渡すことができた。

湯屋が夜間営業というのは本当のようで、どこも水を打ったかのように静まり返っている。そして一階まで降りても、だれもいなかった。

総檜《そうひのき》造りの高い天井をあおぐと、格天井《ごうてんじょう》の鏡板には異なる花の絵が色とりどりに描かれていた。

「きれい……」

凛子は思わず立ち止まって見上げてしまう。

階段の左隣は湯殿のようだ。出入口にはそれぞれ、男湯と女湯と書かれた暖簾《のれん》がかかっている。その真ん中に客を受けつける番台があった。今は誰も座っていない。

古式ゆかしい高座の番台だ。都内の銭湯でも、もうこのタイプの番台はほとんど見かけない。銭湯自体が、内風呂の普及と、スーパー銭湯と呼ばれる娯楽《ごらく》や外食施設などを併設した大規模な銭湯に客を奪われ、どんどん潰れているご時世だ。母は昔、古き良き銭湯がなくなるのは寂しいとぼやいていた。

なんとなく誰かいるような気がして、凛子は警戒しながら玄関口の方へ歩を進める。

壁に貼り紙がしてある。

求人募集
住み込み可。
採用条件、人型に化けられること。

湯屋は人員募集中らしい。

出入口の土間の壁面にびっしりと並んだ下駄箱《げたばこ》を見たが、ひとつも履物《はきもの》がない。宿泊客はいないのだろうか？

「とりあえずここを出なくちゃ」

いつ湯屋の主があらわれるか知れたものではないので、凛子は抜き足で外に出た。

振り返って見上げてみると、湯屋は西向きに立っていて、玄関には唐破風《からはふ》の屋根を持つ堂々たる入母屋造《いりもやづく》りの五階建てだった。

自分が寝かされていたのはあそこか、と、高欄《こうらん》の巡った最上階を見上げる。

四階だけは北側半分が吹き抜け構造になっているようで、親柱しか通っておらず、半ばほどまで御簾《みす》がおりていた。

老舗らしい、どっしりとした荘厳な構えは愛媛にある道後《どうご》温泉本館に似ている。

凜子はあたりを見回した。石畳《いしだたみ》の道が左右に伸びている。少し離れた道沿いに、この湯屋よりは小ぶりだが、ガラス窓の並んだ楼閣《ろうかく》が立っている。その向かいにも似たような楼閣が一軒、あとは林が広がるばかりだ。

「さて、どちらに逃げよう」

目的は、とにかく元の世界に帰る方法を見つけることだ。

あたりには朝靄《あさもや》がうっすらとたちこめている。

空気は春先のわりに澄んでいるが、朝なのでしっとりとしている。道端に芽吹《めぶ》いている植物の中には、見たことのないものが混じっている。触手みたいなのが出ている竜胆《りんどう》とか。

ここが異界であることを思い知らされて、苦笑いしたくなった。

「外も静かだね……」

凜子はとりあえず左に歩き出した。

なんとなく心もとなくて、肩に乗っていたオサキを胸元で握る。ふわふわとした毛に包まれたやわらかな身体《からだ》にふれていると安心できるのだ。

路地の隅のそこかしこから湯気がたちのぼり、ほのかに硫黄《いおう》の匂《にお》いも漂う。

「いかにも温泉郷って感じ」

湯屋の南側の道に出ると、百メートルほど先に大きな河があった。丹塗《にぬ》りに擬宝珠《ぎぼし》高欄の立派な橋が架かっている。

「河……?」

凜子は足を止めた。

「三途《さんず》ノ河、三途ノ河、渡ッチャダメ」

オサキが肩先でくるくると回りながらくりかえす。

「三途の河……?」

凜子は耳を疑った。オサキの言うことは大してアテにならないが、ここが黄泉の国との境なら、三途の河が流れていてもおかしくはないのかもしれない。

それでも、橋の向こうに元の世界に戻れる道が繋がっているような気がして、凜子はふらりとそちらに歩き出した。

「妖《あやかし》、か……」

凜子は、肩に乗っているオサキのふわりとした尻尾《しっぽ》を弄《もてあそ》びながらつぶやいた。これまで、オサキ以外にも、醜《みにく》いもの、臭《くさ》いもの、影の薄いもの、よく喋《しゃべ》るもの、数えきれないほどの妖を見てきた。

生き物と言えば人と動物と昆虫類。そこに妖が加わっているような感覚だ。

あの狗神《いぬがみ》のことが知りたくて、妖に関するいろんな本や文献も読んだため、ある程度の知識も身についた。

失せ物探しにつきあってくれるいい子もいれば、弱みにつけこんでくる悪いのもいる。まれに好戦的なものもいるが、基本的には、こちらから悪さをしなければわざわざ向こうから攻撃してくることもない。目を合わせなければたいてい何も起きない。そのへんは妖も人も同じなのだ。

もちろん例外もあって、一方的に巻き込まれたこともある。

そういうときは、たいてい周りの人々からおかしな目で見られ、陰口を叩かれた。だから妖が見えることは、母以外には誰にも話せなかった。

母には妖は見えていなかったようだが、決して否定するようなことはなかった。そこにいるんだね、と言っていつもきちんと話を聞いてくれた。そして、彼らが見えることにはきっと何か意味があるのだと、いつかその答えを知ることができたらいいねと、そう言ってくれたのだ。


「行ってはだめだ。そこから先は黄泉の国だよ」

ふと、背後から声がかかり、凜子ははたと足をとめた。

いつのまにか、橋の入り口まで来ていた。たしかに橋の半ばから向こうには霧が濃く漂って、さらなる異界に繫がっているようなものものしい雰囲気《ふんいき》がなくもない。

「黄泉の国……？」

凜子はうしろを振り返った。

上品な白練色《しろねりいろ》の単衣《ひとえ》に黒羽織《くろばおり》を着た男が立っていた。二十歳《はたち》をいくつかすぎたくらいの、目鼻立ちの涼やかに整った青年だ。髪の色素が薄い。人の姿をしているが、おそらく妖なのだろう。

「あ」

凜子は目をみはった。妖は首元に、襦袢《じゆばん》と揃《そろ》いの朱赤の短い和柄の襟巻《スカーフ》のようなものを巻いている。それには見覚えがあった。

この妖とは昨夜、露天風呂で会っている。自分を攫《さら》いに来たあの男だ。曖昧《あいまい》だった記憶が、本人を前にして、今はっきりと像を結んだ。

「あなたは――……」

凛子は固唾《かたず》を呑《の》んだ。どうやら逃げ損《そこ》ねてしまったようだ。

妖は、凛子の焦りを見透かしたような笑みをうっすらと浮かべて言った。

「俺は湯屋〈高天原〉の三代目だ。名を京之介《きょうのすけ》という」

「京之介……」

人間っぽい名だと思った。妖にもみな、名があるらしい。

「君は昨夜、俺の花嫁になった。君は覚えていないようだが」

京之介は言いながら、凛子の肩先に乗っていたオサキを中指でさし招く。

記憶がないのだと、なぜわかったのだろう。鈴梅から聞いたのだろうか。けげんに思っていると、

「あっ」

オサキがするりと凛子の肩を降りて、地面を這《は》い、彼のもとへと行ってしまう。

京之介は腕を這いのぼってきたオサキの首根を摑《つか》みとった。

「なにするの……っ」

凛子は驚愕《きょうがく》して声をあげるが、彼は聞き流し、そのままオサキをぎゅうと捻《ひね》り潰して

しまった。

「やめて、私のオサキなのに」

凛子が叫ぶのと同時に、オサキは彼の手からふっといなくなった。

「消えた……、死んでしまったの？」

凛子は信じられない思いで目を瞬く。何度見ても、オサキの姿はもうどこにもない。

「死んだわけではない。またあらわれるから大丈夫だよ」

京之介はさして気にしないようすで言う。

慌てる凛子とは対照的に泰然《たいぜん》と構えていて、優美な顔の裏にひそめている感情はまったく読めない。

「その嚙《か》み痕のことは、覚えているか？」

彼の視線が、ゆっくりと凛子の手元におりる。

「あ、この痕……」

凛子は左の手首の嚙み痕を見た。

「俺は十年前、君に助けられた狗神だよ。二十歳になったら君を迎えに行くと約束した」

「……なぜあんな約束をしたの？」

まさか、宣言したとおりに迎えに来るとは思わなかった。おまけに結婚だなんて。当時、凛子は十歳だ。求婚するにふさわしい年齢とも思えないのだが。

京之介は問いには答えず、

「ずいぶんとご不満のようだ」

ほろ苦い笑みを浮かべて言った。

見透かされて、凛子ははっとした。感情が顔に出ていたのだろうか。

「あたりまえです。人を攫って嫁にするとか、人間の世界なら犯罪ですよ」

少々、居直って言うと、

「ここは黄泉の国の領域だ。人間の郷の決まりごとは通用しないよ」

京之介はさらりとかわす。黄泉の国——ここも、あの世の一角ということらしい。

「そんなこと言われても困ります」

「君は二十歳になり、奥出雲に来た。俺の花嫁になりに来てくれたのではなかったのか？」

小首を傾《かし》げて問われ、凛子は言葉につまった。

「た、たまたま行こうって思っただけよ。お母さんとの思い出の旅館があるから。二十歳になったらまた泊まろうねって約束していたの」

狗神とのことは、旅行を計画したときから二、三度思い出したくらいだ。もう十年も前のことだから、記憶自体がおぼろげにしかない。

「だが二十歳になった君はたしかに奥出雲に来た。そういうのは偶然ではなく必然という。我々が縁《えにし》で結ばれている証拠だ」

ゆるぎない目をして、京之介は言った。

「縁……」

古めかしいけれど、どこか懐かしいような、美しい響きの言葉だ。

「でも結婚は、心が通い合った者同士でないと意味がないわ」

強引に攫われ、いきなり結婚したなどと言われて、はいそうですかと大人しく妻になれる人なんていないと思う。おまけに相手はかわいいオサキまで潰してしまう非道な妖だ。

「だから、いますぐに離縁《りえん》し、元の世界へ帰りたいと？」

「…………」

凛子は喉元《のどもと》までせりあがっていたせりふを呑み込んだ。さきほどから、どうも考えていることを読まれているような――。

「残念ながらそれはできない」

京之介は冷静につっぱねた。

「できないの？」

「成婚の杯を酌《く》み交わした者同士が、そうやすやすと縁を断つわけにはいかないんだ」

たしかに酒は飲んでしまったようだが。

「その成婚の杯とやらに、どれほどの効力があるというの？」

凜子が問うと、京之介はふっと笑った。

「あの酒は恐ろしいよ。ひとたび酌み交わしたら、死がふたりを分かつまで、久遠《くおん》の契《ちぎ》りの証《あかし》として永久に互いの体内に留まり続ける」

「久遠の契りの証……」

「そう。裏切りは許されない。もしも裏切れば、その時点で酒の成分が魑魅魍魎《ちみもうりょう》と化して臓腑《ぞうふ》を喰らいつくされることになるだろう」

「え……」

凜子は蒼白になった。魑魅魍魎に喰らいつくされる？

「じゃあ、私はもうここから帰れないということ？」

恐々としながら問う。

京之介は腕組みし、感情を推し量るような目をしてこちらを見ていたが、

「そんなに君が望むなら考えてやらないこともないよ」

「ほんとうに？」

凛子は目を輝かせるが、彼は無慈悲《むじひ》に告げた。

「ただし黄泉の国の決まりで、離縁《りえん》には手切れ金として四十両が必要だ」

「えっ、手切れ金？」

そんなものがこっちにも存在するのか。四十両とは、一体いくらなのだろう。

「一両の相場は君の郷でいうと、およそ八万円ほどだな」

察したらしい京之介が教えてくれる。

「一両が八万ということは、手切れ金はつまり……、三百二十万っ？」

計算した凛子は青ざめた。そんな大金持っているわけがない。

「ちなみに里帰りするにしても関所や難所を通るたびに金が要る。つまり、君が元の浮世に戻りたいのであれば、この温泉郷で働いて金を稼《かせ》ぐしか道はない。両替商のもとに行けば、人間の郷の金も使えるが――」

「そうなの？」

だが、彼女の頭に預金残高がよぎった。

たしか通帳の一番下の数字は十三万五千四百円也。バイトで稼いだお金は大半が生活費に消えるし、残ったわずかなお金も温泉巡りにつぎ込んで使い果たしてしまうので貯金なんてないのだ。たったの十三万円では、ろくな足しにならない。もっと堅実に貯金して暮

らしてればよかった……、と後悔《こうかい》していると、

「両替商に案内しようか？」

京之介がにっこりと笑って手を差し伸べてくれた。嫌味な。凛子が文無《もんな》しだと知っているような目をしている。どうせ全部お見通しなのだろう。

「いえ、けっこうです。働きます……」

凛子は肩を落とし、すごすごと告げた。

でも、どこで働こう？

この温泉郷にハローワークがあるとは思えない。かわら版があるということはアルバイト情報誌みたいなのも刊行されているだろうか。

凛子が首を捻りかけたところで、京之介が言った。

「働きたいのなら、うちで雇ってあげよう」

「うちで？　……そういえば、あなた、あの湯屋の店主なんだよね」

さきほど求人の貼り紙も見た。

「時給は五十文、君の郷の相場でいうと千円程度だ」

「千円……、一日で八千円くらいだとしても、三百二十万円には程遠いわね」

しかし、右も左もわからないこの異界で一から職探しをするより、ここでてっとりばや

く誘いにのったほうがいいかもしれない。

「どんな仕事をするの？」

この人攫いと殺生《せっしょう》をはたらく極悪非道な狗神《いぬがみ》のもとで働くというのもなんだか癪《しゃく》だが、この際、仕方がない。

「下働きからだな。露天風呂の敷石磨きや、厠《かわや》の清掃だ」

「厠……、ってトイレのことだよね？」

凛子は一瞬眉《まゆ》をひそめる。妖たちのトイレとはどんなだ。

「俺の嫁のままでいるなら、女将《おかみ》として番台に座っているだけで済むが――？」

京之介は思わせぶりな目をして言うが、

「下働きで十分です。体力には自信あるの」

凛子は袖《そで》を捲《まく》って、ハーブカフェでそれなりに鍛えられた細腕を見せた。

「いいよ。君がそれを望むのなら」

京之介は少々肩をすくめて言った。雇用契約成立だ。

「ありがとう。じゃ、いまから働きに行きます。一秒でも早く人間界に帰りたいから」

凛子がさっそく湯屋に向かって歩き出すと、

「待て」

京之介に引き留められた。

「湯屋がひらくのは暮れ六ツからだ。今は営業時間ではないから、まだ仕事はないよ」

「そうだったわね」

暮れ六ツが何時なのかわからないが、夜間営業なのだと鈴梅も言っていた。

「ここは人間の郷とは勝手が違う。まず君は、我々の昼夜逆転の暮らしに体を慣らさなければならない。番頭に挨拶《あいさつ》をしたあとは、日が暮れるまで寝ておいた方がいい」

京之介も踵《きびす》を返し、ゆっくりとした足取りで湯屋のほうに歩きだす。

「わかりました。ついでにオサキを返してくれない？　さっきあなたが潰してしまったやつ」

凜子は京之介を追いながら問うが、

「夜になれば、すぐにまた出てくるよ」

これまたどうでもよさそうにあしらわれた。

弱い者の存在など、道端のゴミ程度にしか思っていないようだ。こんな酷《ひど》い男の嫁なんて絶対に御免だわ、と凜子は思った。一刻も早く手切れ金を貯めて、この妖とさっさと離縁せねばならない。

湯屋に戻って、間口の広い正面玄関から京之介とともに中に入ると、

「おかえりなさいませ、旦那様《だんなさま》」

さきほどは無人だった番台に、人が座っていた。

人間でいえば、年齢は三十手前くらいだろうか。漆黒《しっこく》の髪が肩に流れる美形だが左目に刃物でつくった古傷がある。耳は尖り、人ではないとひと目でわかる。だが、どんな妖かはわからない。

座っていても、長身の印象があった。着物とは少し作りの異なる、中国の漢服みたいなのを着ている。

鈴梅や京之介もそうだが、ただの和装にしては、襦袢《じゅばん》に色柄が入っていたり、腰に細かい数珠《じゅず》を連ねたような飾りなんかを巻いていたりしてやや装飾性が高い。人間界とは微妙に文化が異なるのだろう。

「連れ戻してきたんですか」

男はどことなく不服げだ。

「愛《いと》しの花嫁がうっかり黄泉に渡るのを、黙って見ているわけにはいかないだろう?」

京之介は、番台の隅に置かれた三宝《さんぽう》に盛ってある菓子とおぼしき小さな包みをひとつ、つまみながら言い返す。

「花嫁になった覚えはありません」

凛子はきっぱりと言った。が、京之介は意に介さぬようすで、

「昨夜の記憶がないようだから、もう一度紹介しておこう。うちの番頭だ。この湯屋を総合的に取り仕切っている俺の良き右腕だよ」

包みから取り出した菓子を口に放り込んで言う。目玉を模した不気味な落雁《らくがん》だったので、凛子は眉をひそめた。

「番頭の白峰《しらみね》と申します」

男――白峰は名乗り、丁寧《ていねい》に頭を下げた。実体は鴆《ちん》だという。鴆は猛毒をもつ妖鳥だ。

人間界の店でいえば京之介がオーナーで、この番頭が支配人みたいなものだろうか。

「さきほどは、ここ、お留守でしたよね……？」

だからこっそり抜け出せた。

「厠に行っておりましたので」

「そうだったのですね。私、今日からここで働かせてもらうことになりました。凛子です。よろしくお願いします」

凛子は深々と頭を下げた。

「里帰りのための路銀を稼ぎたいというので、うちで雇うことにしたんだ」

京之介が横からあたりまえのような顔で説明した。

「稼ぎたいのは里帰りではなく離婚のための手切れ金ですっ」

この男、さきほどから言うことが微妙にズレている。凛子の言い分をちゃんと理解しているのだろうか。

「…………」

白峰はその如才《じょさい》なさげな隻眼《せきがん》で、京之介と凛子を交互に見たあと、心得たとばかりに頷《うなず》いた。

「なるほど、そういうことでしたか。状況が把握《はあく》できました。見習い扱いからでよろしいので？」

白峰が京之介に伺《うかが》いを立てると、

「凛子がそれを望むなら」

また目玉の落雁に手を出しながら彼が頷く。二個目だ。

「もちろん、私はそれでかまいません」

「では、一から私が仕込んでよろしいのですね？」

白峰はきらりと目を光らせて、念を押す。隻眼なので凄《すご》みがある。

「いいよ。いずれ女将《おかみ》として番台に座る身なのだから、よい勉強になるだろう」

落雁を食べた京之介はふっとほほえんで言う。

凛子はぞくりとした。座る気ないんですけど、と心の中で突っ込んでいると、

「お凛ちゃん、見つかっただかっ」

さきほどの鬼の鈴梅がぱたぱたと奥の方から走ってきた。

「見つかりましたよ。危うく黄泉の国に渡るところだったそうです」

白峰が淡々と告げる。

「よかっただ〜。……申し訳ありません、旦那様っ」

鈴梅は京之介の方を向き、恐縮して頭を下げる。

「まあ、仕方ない。好奇心旺盛《おうせい》な嫁御寮のようだから今後は気をつけねばな」

京之介は凛子を一瞥《いちべつ》してから、含みのある笑みをはいて言った。

こっちは逃げ出したつもりだったのだが……。

「見習い奉公人ということは、お凛殿はどこで寝泊まりさせますか?」

白峰が京之介に問うと、彼は少し思案してからこちらを見た。

「凛子、君が寝ていたのは、俺が君との寝間にしようとしていた部屋なんだが」

「えっ、お客様用の貴賓室《きひんしつ》じゃないの？」

「うちは温泉宿ではなく湯屋だ。宿泊は付近の貸間宿で済ませてもらう」

「うちがお客様を紹介することもあります」

「持ちつ持たれつってやつね」

「で、俺と同衾《どうきん》する気がないのなら、今日から君は裏の宿舎の空き部屋でほかの奉公人たちと雑魚寝《ざこね》してもらうことになるんだが――」

「はい、雑魚寝で十分です、喜んで」

凛子は即答した。狗神と夜を明かすなんていろんな意味で恐ろしくてしょうがない。朝には骨まで喰われていそうだ。

しかし、凛子ははっとした。ここの奉公人はおそらく人間ではない。得体の知れない妖がうじゃうじゃいるところで雑魚寝するというのもどうなのだろう。と、不安を覚えていると鈴梅が言った。

「あたしの部屋においでよ。広い十二畳《じょう》間だよ」

「十二畳……、ほんとに広いのね」

「通常は役付きの奉公人で十二畳、平《ひら》なら六畳、下働きおよび見習いに至っては広間で雑魚寝が基本ですが、この鈴梅は父親の希望により特別に広い部屋を与えられています。鈴梅の父親は鬼族の中でも指折りの資産家で、うちの取引先でもあるので甘やかされているんですよ。田舎《いなか》言葉が抜けるまでの行儀《ぎょうぎ》見習いだそうですが、まあこの調子だと永久に抜けないので、嫁の貰《もら》い手でも出てこない限り延々とここに勤めることになるでしょうね」

「白峰さん、辛辣《しんらつ》……」

凛子は苦笑した。むぅと頬《ほお》を膨らませて押し黙る鈴梅が気の毒だ。

「鈴梅はよく働くいい子だよ。愛嬌《あいきょう》があって客あしらいもうまい。凛子は一緒に暮らして、湯屋や温泉郷のいろはを教えてもらうといいよ」

京之介はしょげている鈴梅の頭をぽんぽんと撫《な》でながら言った。

「では、お凛殿は鈴梅と相部屋で生活してください。あなたに関しては、嫁御寮という立場はなかったこととみなし、あくまで下働きのイチ見習いであるということをほかの奉公人たちにも伝えます。そのように扱えばいいと」

なんとなく、言葉に刺《とげ》があるような気もしないでもないが、寝る場所も見つかったことなのでひとまず安心だ。

「わかりました。よろしくね、鈴梅先輩」

凛子がにこやかに言って鈴梅に頭を下げると、

「鈴梅でいいべ。照れるじゃねえが」

鈴梅が赤くなった頰を両手で抱えて笑った。

田舎言葉は当分抜けそうにない。

その後、京之介は、湯屋が開くまでのあいだは休憩するように、と、鈴梅と凛子に言い渡し、三宝の上の落雁をわしづかみにして袂《たもと》に入れてから二階に消えた。

甘いもの好きなのだろうか……。

そして、鈴梅も凛子の布団を調達してくると言っていなくなり、白峰とふたりきりになると、彼が、とてつもなく冷静に言った。

「離縁《りえん》には大賛成です」

「え？」

「人間のような脆弱《ぜいじゃく》で下等な生き物に、三代目の女将が務まるはずがありません。そもそもあの方が人間の小娘を娶《めと》るなど、なにかの間違いだとずっと思っていました。いくら命の恩人とて、人間の娘はありえません、人間の娘は」

この番頭はやはり、京之介が花嫁に選んだ相手が人間の女だったことがすこぶる気に食わないようだ。

「この温泉郷では、人間はずいぶん地位が低いのですね」

「当然です。人間など単に弱者であるというだけでなく、厄介《やっかい》な問題も抱えていますので」

「厄介な問題？」

「生きた人間の体は珍味なので高く売れる。そこを狙って下衆《げす》な妖が寄ってきやすいのですよ」

「やっぱ食べられてしまうんだ……」

「ええ、一部の妖には非常に好まれます。かつては人間を捕食することなど日常茶飯《さはん》でしたが、現在は乱獲を防ぐため、人間の郷への出入りには高額の通行料が課せられて、行き来できるのはほんの一握りの妖のみ。非常に稀少で、手に入れようと思うと、偶然に迷い込んだ人間か、あなたのように意図して連れてこられた人間を襲うしかありません。そういった状況ですから、生きた人間自体がトラブルの元になりやすいので迷惑なのです」

人間が珍味とか理解不可能だが、とりあえず人間がこの湯屋にとって、はた迷惑な存在であることはわかった。

「さっさとお金を貯めて帰りますので、それまでは待ってください」

凛子だって、勝手に連れてこられて迷惑しているのだ。おまけにあんな極悪非道の狗神《いぬがみ》の嫁なんて冗談じゃない。人間界でやり忘れた何かも気になるから一日でも早く帰りたい所存だ。

「ご理解いただけてありがたい。では、ひと眠りしたら、さっそく仕事にとりかかってください。仕事内容は薪拾《まき》いです。営業時間は暮れ六ツからなので、それまでに敷地内の山で薪を三十貫《かん》用意するのです」

「薪？」

「そうです。焚付《たきつ》けに使用する薪のことです。薪拾いは湯屋の見習いの仕事の基本中の基本。まずはみな、そこからはじめます」

「三十貫……、ええと、一貫はどのくらいの重さだっけ」

この温泉郷は、時間も重さも金も江戸時代の尺に似ている。

「あなたがたの郷の単位に換算するとおよそ三・七五キログラムです」

博識な妖だ。が、

「待って、一貫が三・七五キロなら三十で百二十キロ弱？　とんでもない重さじゃない」

ひとりでそんなに薪が拾えるわけがない。しかし、

「それができなければ、見習い失格。うちからあなたを追い出します。旦那様《だんなさま》には、あの娘はよそで働くことにしたので出て行った、とでも告げておけばよいので」

白峰は、まるでそれを期待するかのような不敵な笑みを浮かべて宣告したのだった。

「薪百二十キロなんか拾えるかっつーの」

凛子は、足元にあった苔《こけ》むした古い切り株をどかりと蹴《け》りつけた。

京之介はひと眠りしろなんて言ったけれど、あの番頭の言いつけを守らなければ見習いとして雇ってもらえないのだから、おちおち寝てもいられない。狗神との離縁を成立させるために、お金は絶対に必要だ。こんな謎の温泉郷、一日も早く出て行きたいが、しばらくは辛抱《しんぼう》して稼《かせ》ぎに徹するしかない。

そういうわけで、仕方なく薪拾いのためにこうして湯屋の裏庭続きの山に入ったところだった。

しかしなだらかな山道を進んでいくものの、周辺はわりと手入れされていて、無駄な薪も、小枝の一つも落ちていない。

もう、このまま集まらなかったら、ほかに求人がある店を見つけて、そっちに面接に行くわよ、と思いつつ、よもぎや芽吹《めぶ》き始めた雑草の中に目を凝《こ》らして薪を探す。

山に入ってどれくらいたっただろう。

道をはずれたところに人がいた。いや、人ではない。禿《は》げた頭頂部が異様に盛り上がっているから、おそらく人型の妖だ。利休色《りきゅういろ》の着物を着ていて、腹の出た老爺《ろうや》だった。

凛子が初めての遭遇《そうぐう》に警戒して身をこわばらせていると、

「来るでないっ」

老爺が手でこちらを制しながら叫んだので、びくりとして足を止めた。

「たった今、放屁《ほうひ》したところなので、もしそれ以上、近寄ったら肺が壊死《えし》を起こすぞよ」

それは恐ろしい。

「わかりました……」

老爺の言うとおり、凛子はその場に留まった。

手元に向きなおった老爺は、草の根をかき分け、ときおり生えているものをちぎってじっくり凝視し、こいつではないと、また捨てたりをくりかえしている。

「うーむ、こいつでもない。どこへいっちまったのじゃ。弱ったな」

呻《うな》りながら、山肌を少しずつ北上していく。

「お爺さん、なにを探しているの」

そろそろ恐ろしい臭《にお》いも散っただろうと踏んで、少しだけ老爺に近づいてみる。

「薬草じゃ。ここはわしの大事な薬草の育成場だったのじゃが、いつの間にかこいつに占領されておったわ。なんじゃこりゃ」

　立ち上がった老爺は、足元を見渡してから忌々《いまいま》しげにぼやく。老爺のまわりには、緑色の植物が八畳《じょう》分ほどに広がって群生している。

「もう臭いは大丈夫よね？」

　凜子は放屁の残滓《ざんし》がないのを確かめつつ、おそるおそる老爺のもとへ行き、足元に生い茂る緑の植物をちぎって手にしてみた。すっと上に向かって伸びていて、枝からびっしりと生えた葉は細くこまかい。

「これはローズマリーじゃないかな」

「ローズマリー？」

　凜子は手にした草に鼻を寄せ、匂いを嗅《か》いでみた。すっきりとした芯のある香りがする。

「そう、やっぱりローズマリーだわ。人間界によく生えているハーブの一種ですよ」

　凜子が告げると、老爺は仙人みたいなぼってりとした眉《まゆ》を片方だけあげた。

「おお、おまえさん、いやに上手《うま》く化けておると思いきや、ただの人間じゃったか」

「そう、ただの人間なのよ」

　やはり人間は下等動物扱いのようだ。

「こんな時間に、なにをしとるんじゃ」

思いきり昼間なのだが、この世界では皆、寝ている時間か。

「薪拾いです。今日からここで働く予定なのだけど、その前に薪を三十貫拾えと番頭の妖に言われて」

「その細腕で薪三十貫っ、わはは、そりゃ、不採用と言われたようなもんじゃな」

老爺は口を大きくあけて笑った。

「笑い事じゃないです。私、お金がほしいからどうしても働かなきゃいけないのでないと狗神と離縁《りえん》できないし、人間界へも帰れない。

凛子は溜息をつくと、足元に視線を戻して、ふたたび薪を探し出す。

「お爺《じい》さんは？　みんな寝ている時間なのに、どうしてこんな山の中でおならしてるの」

「最近、渋《しぶ》り腹《ばら》がひどいので薬草を採りに来たところじゃ」

老爺は下腹をさすりながら言う。

「渋り腹……、便秘気味ってことね。じゃあこれあげる。整腸作用があるキャンディですよ」

凛子はポケットの中からハーブキャンディを取り出した。山中で空腹になったら食べるつもりでいたのだ。

「どれ」

老爺は受け取ったキャンディを口に放り込み、舌で転がした。

「こりゃ美味だな。なにが入っておるのだ」

「レモンバームとカモミールです。私が作ったの」

凛子は足元を眺めまわした。老爺の言うとおり、ローズマリーの葉に覆《おお》いつくされて、枝の一つも見当たらない。

「えらく広範囲にわたってはびこったわね。さすが丈夫なハーブだわ。刈り取ってドライハーブにしてやろうかしら」

生い茂るローズマリーを見下ろしながら凛子はつぶやく。ここの土壌《どじょう》や気候条件が合ったのだろうか。

「おまえさん、薬草の知識があるようじゃな」

老爺がキャンディをガリガリと嚙《か》み砕《くだ》きながら問う。

「ローズマリーくらいはみんな知ってるわ。でも、ハーブカフェで働いていたから少しだけ薬草のことはわかるよ。ハーブカフェというのは、ええと、薬草を使った飲み物やお菓子を出すお茶屋さんね」

「ほほう、では、これらがなにかわかるのかの？」

老爺は袂《たもと》からいろいろな生薬を取り出して見せてきた。

「わかる。この赤色っぽいのが枸杞子《くこし》、このしわくちゃのは陳皮《ちんぴ》ね」

凛子が働いていたハーブカフェは経営者が漢方医で、漢方薬局が併設されていたため、漢方の知識もある程度はあるのだ。いずれは自分も漢方薬剤師になれたらいいなと漠然《ばくぜん》と考えてもいた。

「正解じゃ。では、これは杏仁《きょうにん》だが合っておるな？」

「これは山査子《さんざし》だと思う。杏仁はもっとアーモンドっぽい形だもの。でも、人間界とは形が違うのかな……」

「ほうほう、鎌をかけてもひっかからんな。薬草の知識があるというのは本当のようだ」

「お爺さん、どうしてこんなの持ち歩いているの」

「わしのおやつじゃ」

そう言って老爺は手のひらにあった生薬を全部口に放り込むと、がりがりと嚙み砕いて食べた。そのまま食べるなんて、さすが妖、と感心していると、

「おまえさん、ちょっくらわしのもとで働いてみんかい？　非常勤だった助手が腹ボテで郷に帰ってしもうてな。わしがのんびりできんのじゃ」

「お爺さんちは、なにをしているんですか？」

「風呂のお守《もり》じゃよ、興味があるのならついてくるがよいわ」

老爺はそう言って山を下りはじめる。

どうしよう。凛子は少し迷った。実はカフェを辞めたのはリストラされたようなものだったので、しばらく薬草からは遠ざかっていたいと思う気持ちがあるのだ。

「でも、あの極悪狗神と意地悪番頭の湯屋で働くよりもいいかもしれないわ」

うん、断然いい。薪拾い三十貫などという無理難題を押しつけてくる鬼畜なのだから。

「待って、お爺さん」

凛子は集めかけていた薪をうち捨て、さっそく老爺のあとについて山を下りていった。


ところが老爺が向かったのはさきほどの湯屋〈高天原〉だ。

「なんだ、お爺さんはここの奉公人だったの……」

「そうじゃよ。わしは百々爺《ももんじい》という妖じゃ。略して百爺《もんじい》と呼んでおくれ」

さきほどの山はどうやら〈高天原〉の敷地だったようだ。

「白峰はおるかな。仕事好きのあいつのことだから、まだ休憩に入らず、帳簿《ちょうぼ》をつけながらニヤついているころじゃろうて」

ふたりが裏庭に面した出入口から湯屋の本館に入り、番台のほうに行くと、果たして白峰は、帳簿を開いてニヤついていた。儲《もう》かっているらしい。

「おや、どうされましたか、爺殿、凛子殿と一緒とは……」

白峰は凛子たちの姿に気づくと、サッと表情を隙《すき》のないものにあらためた。

「この娘とは、ウチの山で偶然会ったのじゃ」

「その方は旦那様《だんなさま》の花嫁御寮改め、ド底辺の見習いです」

白峰は冷ややかに凛子を一瞥《いちべつ》してから告げる。

「おお、やはりおまえさんが噂《うわさ》の嫁御寮じゃったか。人間と聞いて、もしやと思っておったのじゃ。わしは、昨夜はよその湯屋に出向いておったので嫁の顔を拝み損《そこ》ねてな」

「花嫁になった覚えはないのですが」

「聞いておるぞ。猫娘らの盛った薬のせいとか」

百爺が言うと白峰が、不快そうに額を押さえた。

「ええ、それに関しては、いろいろと込み入った事情がありまして――」

「込み入った事情？」

凛子は聞きとがめる。

「下っ端の見習いならば、このわしの助手にしたいのだが。どうじゃ、白峰」

「む。爺殿の助手に……？」

　白峰はさっそく片眉をひそめて難色を示す。

「百爺はもしかしたら、けっこう偉い人なんですか……？」

　白峰の態度からそんな印象を受けたので問うと、

「爺殿は我が湯屋〈高天原〉の湯守頭《ゆもりがしら》です」

「湯守頭……」

　湯守とは、温泉の泉質に通じ、湯の量や温度を、浴客が快適な状態に保つ調整をする職人だ。

「この方はありとあらゆる郷の温泉や湯屋を巡り、千を超える湯水を舌と身体《からだ》で味わいつくした温泉のスペシャリスト。ひとたび飲んだ湯はすべて記憶し、その泉質を百パーセント見抜くことができる絶対湯感の持ち主です」

「絶対湯感？」

　それは初耳だ。

「ああ、でも人間界にもいるわね、温泉のお湯を飲んじゃう温泉マニア！」

「おかげで胃腸がめっぽう弱くなったわい」

　百爺は腹をさすりながら言う。それで渋り腹なのか。

「しかし、爺殿、この娘を雇うといっても生身の人間ですよ？」

白峰はやはり乗り気ではなさそうだ。さきほど言っていた、人間がトラブルのもとになりやすいというのが原因だろうか。

「このとおり人型じゃ」

「そういえば、採用条件に人に化けられることとあったわね。私は満たしているじゃないですか」

「あなたの場合、化けて人型なのではなく、無能なので人型でしかいられないのです。

……なぜ人型である必要があるのかおわかりですか？」

「ええと、見た目の問題？　脚が五本ある毛むくじゃらの妖や、目鼻口のついた番傘《ばんがさ》が出てきていらっしゃいませと言っても怖いだけだもんね」

「それは弱者である人間の主観にすぎません。人型に化けられる能力がある妖はおおむね、奉公人としてやっていける程度の知恵と理性を持ち合わせているので、これがひとつの目安になっているのです。下等な妖はそもそも人には化けられません」

「なるほど」

「なぜ人型なのかもお教えしましょうか？　それは、無力な人間と同じ姿を象《かたど》ることでお客様に敵意がないことを示すためです。能ある鷹が爪を隠すように、強い妖力を持つ高位の妖であればあるほど、完全に人間に近い状態に化けることができます。獣耳の一つも出さずにきっちり人間に化けていらっしゃる旦那様などは、それだけ完璧《かんぺき》な変化能力を持つ高等な妖ということです」

「そうなんだ。じゃあ、耳が妖精みたいな白峰さんは、そこまで完璧でもない、ということね？」

クスリ、と含み笑いを洩《も》らして凛子が言うと、

「否定はいたしませんが、私の場合、湯屋内で奉公人たちの口から語られる噂、愚痴《ぐち》、醜聞《しゅうぶん》、恋バナ、ありとあらゆる声を聞き逃さぬよう、地獄耳という能力を駆使したいのでこの通り、多少人間とは異なる形状をとらせていただいております」

「そ、そうでしたか」

いらぬ墓穴を掘った。

「単に性格の問題でもあるがな。自己顕示欲の強いやつはわざと一部を晒《さら》したりするし、わしなんかはめんどくせえのでこの通りじゃ。わはは」

百爺の笑いはいつも快活だ。

「で、この娘は我が助手にしてはだめかのう、白峰よ」

百爺は番台に両の手で頬杖《ほおづえ》をつき、若い娘のようにぱちぱちと上目を瞬かせて白峰を見

つめる。

「老爺《ろうや》のおねだりなど見苦しいですよ」

白峰はすげなく一蹴《いっしゅう》した。

「沙世《さよ》の例もあるからよいではないか」

「沙世さんとはだれなんですか？」

凛子ははたと聞きとがめる。口ぶりからすると人間のようだ。

「清掃係をして働いている人間の奉公人です」

白峰が淡々と答えるので、凛子はぎょっとした。

「人間もここで働いているの？」

「正確には客じゃがのう」

百爺はゴマの顎《あご》をさすりながら言う。

奉公人ではなく客――。客が働いているとはどういうことなのかよくわからないが、人間がこの湯屋にいるらしいことは確かだ。

「私、その人に会って話してみたいです。宿舎の方にいるの？　あ、でも今はきっと寝ているわね」

まだどんな人かはわからないが、この妖だらけの温泉郷にいるのが自分ひとりではないのだと思うと、とてつもない安堵《あんど》を覚える。ぜひとも早く会いたい。

「おそらく寝ていますね。夕刻になったら会えるでしょう、ちょうど百爺のところの掃除《そうじ》にもあらわれるでしょうから」

「――と、いうことは白峰さん、私をここで働かせてくれるんですね？」

凛子は目を輝かせた。

「よいのじゃな？」

百爺も目を輝かせた。

「……現在、求人募集をかけたところなので候補はほかにも山のようにいるのですが、爺殿にこのようにおねだりされては認めるしかありません。爺殿はぜひともこの娘を、薪百貫分、酷使《こくし》して扱《しご》いてやってください」

白峰は容赦《ようしゃ》なく言ってから、帳簿に視線を戻す。

「あいわかった」

爺は心得たとばかりに胸を拳《こぶし》でどんどんと二回叩く。

「ありがとうございますっ」

凛子は百爺と白峰に感謝しつつ、頭を深々と下げた。

三十貫の薪拾いからは解放され、これにて凛子の採用は決定した。

第二章　湯屋での初仕事

1.

小五で母が亡くなったあと、凛子《りんこ》は遠方に住む叔父《おじ》夫婦の家に引き取られた。

そこは雨が多く、冬の寒さの厳しい雪国だった。

叔父夫婦には、凛子と年の近いふたりの兄弟がいた。

夫婦は、表向きは凛子に優しく接してくれたが、ひそかに凛子を邪魔者扱いしていることを兄弟たちから聞かされて知っていたので、最後までうちとけることができなかった。

そもそも叔父と母は、あまり姉弟仲が良くなかった。身寄りのなかったらしい父と籍も入れずに勝手に子供を作って、中途半端な家庭を築いていることが許せなかったらしい。

ふたりの兄弟はまだ幼くて、心のままに他者を傷つけることのできる残酷《ざんこく》な子供たちだった。

凛子は妖《あやかし》の見える人間が社会的にタブーであることを悟っていたから、兄弟には決してわからないようにふるまっていた。それでもどこかで妖と話す姿でも見られて薄気味悪かったのか、あるいは、凛子など引き取りたくなかった親たちの悪意を、彼らが感じ取っていたからなのか。兄弟からは執拗《しつよう》な嫌がらせを受けた。

おまえの分などないと食事を横取りされるのは日常茶飯《さはん》で、歯ブラシに接着剤を塗られたり、私物を隠されたり壊されたり、雪の夜、寝床に水をかけられていることもあった。

面倒をかけるし、何も解決しないとわかっていたから、叔父たちには言えなかった。湿った冷たい布団で丸くなりながら、凛子は声を殺して泣いた。

嫌がらせは、引き取られて二度目の冬を迎えるころ最高潮になった。

彼らも、ふたつしかない子供部屋の片方を凛子に提供したせいで、兄弟が二人一部屋で過ごさねばならなくなってしまい、苛立《いらだ》ちを抱えていたのだろう。雪のちらつき始めた日の夕暮れに、ここがおまえの部屋なのだと、庭の物置にランドセルや教科書を投げ込まれ、最後に凛子も押し込まれ、助けを呼んだら殺すと言って鍵《かぎ》をかけられたときは、もうこの世界のどこにも、自分の居場所はないのだと思った。

暗くて、寒くて、埃臭《ほこりくさ》い物置で、ひとり途方に暮れ、膝を抱えて泣いた。

もうこんなところには住みたくない。お母さんと一緒に暮らした家に帰りたい。

おかあさん、おかあさん。

心の中で、もう戻らない母を何度も呼んだ。

姪《めい》が家に帰ってこない、と叔父夫婦が捜索願を出し、警察が見つけてくれたのは翌朝のことだ。だが、朝の日の光のもとで疲労困憊《こんぱい》した夫婦の顔を見たとき、彼らの心の声を聞いた。このまま見つからなければよかったのに――。

「居ルヨ、居ルヨ」

「ミンナ居ルヨ、イッパイ居ルヨ」

寂しくて、心細い夜は、決まってオサキがどこからともなく一匹、また一匹と湧いて、そばに寄ってきた。オサキはあたたかかった。凛子はオサキを腕の中にたくさん集めて、その陽だまりの匂《にお》いのする、柔らかな被毛《ひもう》の中に顔を埋めて泣いた。あたたかいぬくもりが、幼いころに自分を抱いてくれた母の胸のようだった。

母は言っていた。妖が見えることにはきっと何かの意味があるのだと。

もしかして、私を慰めてくれるためなのかな。オサキのふわふわの柔らかな被毛にくるまりながら、いつもそんなことを思っていた。

……――ちゃん、お凛ちゃん。

女の子の声がして、凛子は夢の中から引き揚げられた。

枕元には、鈴梅《すずうめ》がいた。

そうだ、ここはあの大嫌いな雪国の叔父夫婦の家ではない。黄泉平坂《よもつひらさか》にある温泉郷。夜通し働かねばならないので、今日から同室で過ごすことになった鈴梅の部屋で仮眠をとっていたところだった。

「鈴梅ちゃん……」

凛子は目をこすった。どうしてあんな古い昔の記憶を夢に見たのだろう。もしかして、泣いていたら嫌だなと思った。

「鈴梅でいいだよ。そろそろ起こしてこいって番頭の白峰様《しらみね》が」

凛子は窓の外を見た。すでに日が暮れ始めている。

「もう夕七ツ（午後四時頃）だよ。みんなが支度《したく》を始める時間だ。お腹すいてないか？ご飯食べてからでいいって。握り飯だよ」

鈴梅が、お盆にのせたおにぎりをふたつとお茶を渡してくれた。

見たところ、白米を握って海苔《のり》を巻いたふつうのおにぎりだ。妖たちの主食がなんなのかわからないので、食事のことは気になっていたが、なじみのある食べ物が出てきたのでほっとしてしまった。

どうか中にイモリの佃煮《つくだに》とか入っていませんように、と祈りながら、おそるおそる食べてみると、出てきたのは高菜だった。

「おいしいけ？」

鈴梅が気づかわしげに顔を覗《のぞ》きこむ。

「うん。おいしい。人間の世界のごはんと同じ味だよ」

炊《た》き立ての白米と高菜の塩気が混ざり合って絶妙に美味《おい》しい。

「人間は弱いせいで、食べ物もアクの少ないのが多いのが特徴だべな。妖たちの嗜好《しこう》は幅が広くてさまざまだから、うちではできるだけ多くの妖が馴染《なじ》める食材を扱ってるだよ。だからお凛ちゃんの口に合うもんも多いんじゃねえかな」

「人間は弱いんだ」

「弱い弱い。寿命《じゅみょう》は短いし、運動神経鈍いし、すぐ病気するし。脳ミソ酷使《こくし》するくらいしか特技もってねえべ」

たしかに何百年も生きる妖から見れば、寿命は短いし、身体能力も乏《とぼ》しいし、口から火を吹いたり、風を操ったりするような能力もない。

「でもあたし好きだべよ、人間。うちの湯屋にもときどきくるよ、人間のお客さん」

「来るの？」

そういえば、沙世《さよ》という人間の奉公人がいると言っていた。もとは客だとかなんとか。

「来るさ。ここは妖が集《つど》う温泉郷。まわりには〈鬼の郷〉とか〈天狗《てんぐ》の郷〉とか、同種族が集まって暮らしてる妖の郷がいっぱいあるだよ。人間の世界もそのひとつ、〈人間の郷〉だな」

「私のいた世界も、郷の一種にすぎないということ？」

「そうだべ。人間の場合は弱いから、たいてい死人しかここまではたどり着けないよ。お凛ちゃんは旦那様《だんなさま》に連れてこられたから特別だな。でも、稀《まれ》に生きたまま迷い込んじまう人間もいるだよ。郷どうしが何かの拍子に繫《つな》がったり、離れたりすることがあるから」

「死人はふつうに来れるの？」

「なにか強い未練や怨念《おんねん》があって、死んでも死にきれないやつだけがね。ふつうは魂が死んだら、それきり体も黄泉《よみ》の国にいっちまうから」

「死んでも死にきれない人というのがいるのね」

「そういうやつらは妖並みにしぶとくて丈夫だからな。……この温泉郷は黄泉の国に行く途中にあるから、死にきれなくて、なにかしら縁《えにし》のある人間はときどきここに来るだよ」

「縁……、京之介《きようのすけ》さんも使っていた言葉だわ」

「そう、たとえばお凛ちゃんみたいに妖が見えて、生前に仲良くしていた人間とかがね。

死んでるやつの逗留《とうりゅう》期間は最大で四十九日間に限られてるけども」

仏教でも閻魔《えんま》大王の最終的な裁きが下され、来世が決まるのが四十九日目で、それ以降を忌明《きあ》けとしている。

「逗留期間を過ぎると、どうなるの？」

「魂が抜けて、肉体はただの軀《むくろ》になるから、黄泉の国に仕える鬼が回収していくだよ。逗留期間を守らない死人は、輪廻《りんね》の巡りに入れず、来世に転生できないだよ。みんなそれは嫌だから、四十九日目までには必ず三途《さんず》の河を渡るよ」

間に合わないと、闇と塵芥《ちりあくた》しかない黄泉の国の果てで魂だけが永久にさまよい続けることになるという。

凛子は一瞬、食欲が失せた。

「私は、ちゃんと生きてるよね……？」

死んでいるならさっさと三途の河を渡らねばならない。

「生きてるべ。お凛ちゃんからは生きた人間の匂いがすごくするもの」

「えっ、私、なにか匂う？」

「いい匂いだべ〜、いかにも健康な人間の女らしいやわらかで良い匂いだよ。旦那様みたいに鼻が利《き》く妖にとっちゃ、さぞ蛇の生殺し状態だべ」

「鼻が利く……犬だけに？」

やはり、とって喰われる運命にあるのだろうか。

「旦那様は、感情も嗅《か》ぎ取ってしまうお方だから怖いべ」

鈴梅が真顔で言った。

「感情も？」

「そうだよ。その気になれば、妖力を使って喜びや悲しみ、妬《ねた》み、嫉《そね》み、ぜんぶ匂いで見抜いてしまうだよ。不正なんかは絶対にできねえべ」

鈴梅は両腕を抱いて、大袈裟《おおげさ》にぶるりと身を震わせてみせる。

そういえば、話していても、妙に勘が鋭い印象があった。

「あの狗神《いぬがみ》は、強い妖なの……？」

飄々《ひょうひょう》として、なにを考えているのかよくわからないけれど。

「そりゃあもう。この温泉郷の四大湯屋の主が務まるくらいだからな」

「四大湯屋……？」

そういえば、はじめて会ったときもそう言っていた。婚礼がかわら版の記事にまでなっていたし。

「四大湯屋は、どれも古くからある老舗《しにせ》ばかりで、代々、強い妖が店主を務めてるよ。そんで山、河、海、谷の立地にちなんだ、泉質のいいデッカイ温泉を売りにしてるだ。ここは三途の河のふちに建ってるから〈河《かわ》の湯屋《ゆや》〉だべ」

「三途の川……」

橋が懸《か》かっていたあの河のことだ。オサキが言っていたことは本当だった。

「狗神は人間界でもよく知られてなかったべか？」

「うん。地方によっていろいろな伝承があって、文献にも残ってる。怖い映画を見たこともあるよ」

「そうやってよその郷に悪名が知れているような妖は、過去にそこで暴れた過去があるからで、たいてい強い妖だべよ。たまに雑魚《ざこ》いのもいるけども」

「へえ……」

鬼や天狗など、人間界で悪さをして暴れた妖の伝承は多い。狗神も憑《つ》いた家筋を繁栄《はんえい》させるのと同時に、凶悪な祟《たた》り神として人に災厄《さいやく》をもたらす存在として怖れられている。

そんな妖の嫁にされてしまったなんて――。

やはり早々に離縁《りえん》せねばならないと凛子は思う。

「喋《しゃべ》ったらあたしもお腹すいただ。お凛ちゃん、さっきの飴《あめ》もう一個ちょうだい。あのきれいなやつ。とっても美味しかったもん」

鈴梅は表情を和《やわ》らげると、小ぶりの手を差し出してきた。

「いいよ。あと少しあるから」

凛子は枕元に置いてあった鞄《かばん》からハーブキャンディを取り出す。残りはふたつほどだ。

鈴梅はありがとうと言って受け取ると、包みを開いてぱくりと口に放り込んだ。

「ん〜やっぱこの飴っこはおいしい〜」

鈴梅は頰《ほお》を両手で包んで舌鼓《したつづみ》をうった。カモミールのほんのりりんご風味なのが好みなのだろう。

「旦那様にもあげれば。甘いの大好物のお方だから、きっとお喜びになるべ」

「甘党なの？　そういえば、番台にあった干菓子《ひがし》を食べていたわね。あの不気味な目玉みたいなやつ」

犬は甘党とも聞いたことがある。

「あれは温泉街でも人気の高級お菓子だよ。龍の鱗《うろこ》を煎《せん》じたエキスが入ってるだ。お凛ちゃんも休憩時間になったら食べてもいいよ」

龍の鱗？

「……そうなんだ、ありがとう」

凛子は苦笑いした。

その後、髪をひとつに纏《まと》めた凛子は、鈴梅に手伝ってもらい、湯屋のお仕着せを着た。女は縹色《はなだいろ》の単衣《ひとえ》に白鼠《しろねずみ》色の帯を締める。袂《たもと》は邪魔になるので襷《たすき》掛《が》けにして括《くく》るのが定番スタイルだ。

水仕事も多いので、お座敷担当の者以外は、たいてい裾《すそ》もあらかじめ東《あずま》絡《から》げにして、膝上あたりまで括った状態で働くのだという。

凛子の場合は、百々爺《ももんじい》のところで仕事の内容を聞いてからでいいとのことで、ひとまず袂だけを括ってもらった。

「温泉郷の中で、この四大湯屋のひとつである〈高天原《たかまがはら》〉に奉公できるのはとっても名誉なことだべよ」

鈴梅がきゅっと襷を結いながら言う。

「求人が貼り出されれば、地方の郷からわんさと志願者が出てきて、でも採用してもらえるのは旦那様のお眼鏡《めがね》にかなったほんの一握りの妖だけだから。あ、鈴梅は縁故だけども」

語尾は小声になった。

「そうなんだね」

まあ、縁故採用の社員はどの業界にもいるものだ。凛子がバイト先を辞めることになったのも、実は経営者の娘が採用されたからだった。

「鈴梅はここの仲居さん？」

「忙しいときは宴会も手伝うけど、あたしは二階のお茶汲《く》み姐《ねえ》さんだよ」

「お茶汲み姐さん？」

「うん。湯屋の二階はたいていどこもお茶飲んでくつろげるようになってるだ。みんな、ひとっ風呂浴びたあとにそこで座談会するだよ。あたしはそこでみんなにお茶を淹《い》れる役」

「ああ、そういえば江戸時代頃までは、湯屋の二階は男たちが集《つど》う社交の場だったっておさんから聞いたことがあるわ」

母は大の風呂好きだったから、銭湯に関する知識も豊富だったのだ。

「はい、できただよ」

襷を締め終えた鈴梅が言った。

きりりと全身が引き締まっていた。

袂は括っても、しょせん帯を締めた着物姿、ラフな格好で暮らしてきた凛子には身動きがとりづらい。慣れるまでは大変そうだ。けれどこれからは着付けも襷掛けも一人でできるようにならなくてはいけない。


お仕着せに着替えた凛子は、いよいよ仕事をはじめるべく本館に向かった。

鈴梅と一緒に番台前の広間に行くと、おなじお仕着せに身を包んだ奉公人とおぼしき妖たちが大勢集まっていた。時間的には夕方なのだが、就業前の朝礼みたいなものだろうか。

就労の条件にあったとおり、どの妖も人型だ。獣耳や尾つきはザラで、異様に背丈の低い僧都や、のっぺらぼうもいる。ざっと数えて四十人ほどだろうか。かつて目にしたことのない個体数の多さに、凛子は圧倒された。

京之介が、番台の白峰と何事か話し込んでいたが、気づいてこちらにやってきた。

「我が湯屋のお仕着せがよく似合うな、凛子」

奉公人たちの注目も、一気にこちらに集まった。

「……ありがとう」

凛子は、大量の視線に委縮して苦笑いする。

「皆の者、よく聞け」

京之介が凛子の隣で声をあげた。

「今夜から我が湯屋で働くことになった妻の凛子だ。が、知っての通り、彼女には昨夜の婚礼の記憶はない。ついでに私の妻になる気も当面はないそうだ」

ここで一同がどよめいた。凛子もこんなふうに宣言されるとは思わなかったので、いささか驚いた。

「――従って、この者は女将《おかみ》とはせず、見習いとして扱うことになった。これは本人の希望でもあるから、特別に引き立てる必要はない。皆もそのように接するように」

京之介が言い終えると、一同は「はっ」と短く頷《うなず》いて、皆きれいに頭《こうべ》を垂れた。

どこに引っ掛かりを覚えたのかわからないが、幾人かの奉公人がその後、ひそひそ話をはじめて、なにやら微妙な空気になる。凛子としても、京之介の腹が読めず戸惑いを覚えたが、この湯屋内での自分の立ち位置は明確になったようでありがたかった。

「凛子です。よろしくお願いします」

緊張しつつ頭を下げて挨拶《あいさつ》をすると、さざめきがぴたりとやんだ。

その後、白峰が庶務《しょむ》的な連絡を告げ終えると、皆、それぞれの持ち場へ三々五々に散らばっていった。

「お凛殿は、この奥の左手にある釜場《かまば》に行ってください。百爺が待っていますから」

白峰が命じてきたので、返事をして向かおうとすると、

「待て。これをつけているといい」

京之介に引き留められ、袂からなにかを取り出して手渡してきた。

見ると、鈴のついた花結びの帯飾りだ。鈴は、鈴口のない水琴鈴《すいきんれい》だ。

「鈴がついてる」

「かわいいな～」

鈴梅が横から羨《うらや》ましそうにのぞき込んでくる。

艶消《つやけ》しの施《ほどこ》された銀の水琴鈴は、揺らすと、さらさら……と細《こま》かな宝石がこぼれ落ちるような涼やかな音がした。

「きれいな音ね……、普通の鈴よりも音がやわらかいみたい」

「鈴彦姫《すずひこひめ》が売っている魔除《まよ》けのお守りだよ。これをつけていれば、よほど貪欲《どんよく》な妖でない限り悪意を起こさないから、むやみに襲われることもない」

つまり、この狗神に襲われることもないと思っていいのだろうか。

「……ありがとう」

凛子は帯飾りを耳元でもう一度揺らしてみる。

さらさらさら……とまた細やかな音がする。

「その鈴は、生きている者は鳴らせるが、死人《しびと》は鳴らせないんだ。持ち主の精気を吸って生きる鈴だから」

「生きている……？　精気を吸われてしまうの？」

「息をするのと同じくらいの消費だから心配はいらないよ」

「それならよかった」

凛子はさっそく帯の端に帯飾りを挿してみた。

繊細《せんさい》な鈴の音色に耳をくすぐられ、自分が生きているのだと証明されたようで、ほっとした。三途の河は、まだ渡らなくてもいいようだ。

「似合ってるだよ、お凛ちゃん。あそこの鏡で見たらいいべ」

番台の横にある姿見に映してみると、地味な帯にささやかな花が備わったようで、しっくりとおさまっている。

ふと、姿見の中で、こちらを見ている京之介と目が合った。

こんなきれいな帯飾りをくれるなんて、意外といいところもある妖なのかな。なにか面《おも》映《は》ゆいような心地になって笑みがこぼれる。すると、

「浮かれている場合ではありません。それはあなたがサボったり逃げ出したりしないよう、見張りの意味も込めて渡されたのですよ。鈴の音は私がしかと聞き届けさせていただきま

す、この地獄耳で」

「……はい、わかりました」

就業前から容赦《ようしゃ》のない白峰節をかまされてしまった。

2.

百爺が、仕事場に案内しながら、温泉郷や湯屋〈高天原〉のあれこれを教えてくれた。

「ここは人間、妖、神獣などの八百万《やおよろず》の客が集《つど》う、源泉数（孔）七五〇〇、湧出量毎分およそ三十万リットルを誇る巨大な温泉郷じゃ」

郷自体は九州ほどの広さがあり、温泉郷の規模としては、日本一の別府《べっぷ》の三倍ほどになるという。

郷内は鈴梅が教えてくれた通り、山、河、海、谷の四つの区域に分かれ、それぞれに大きな宿や古い湯屋などが点在し、中央部には土産物屋《みやげものや》や飲食店などが立ち並ぶ温泉街を形成しているそうだ。

「湯屋を経営するには湯屋株というものを持たねばならんが、中にはそれを持たず、世に害悪を及ぼすような悪徳温泉をひそかに提供している湯屋もある。そういうもぐりの湯屋は闇の湯屋といわれておる」

「闇の湯屋……」

なんとも不穏な響きだ。

「この湯屋は大丈夫なんですよね？」

「大丈夫だとも」

湯屋〈高天原〉は創業九〇〇年の河の湯屋の老舗《しにせ》。中庭の大湯が、かつては神々たちが好んで集《つど》った御神湯《ごしんとう》であり、その湯守を任されていた狗神《いぬがみ》が〈高天原〉の名を屋号として賜《たまわ》り、この湯屋を開いたのだという。

〈高天原〉には、薬湯の男女を別に数えると、全部で七つの湯殿がある。

① 中庭の大湯
② その隣にある露天風呂〈玉響《たまゆら》の湯〉
③ 茶室続きの貸し切り檜《ひのき》風呂〈庵《いおり》の湯〉
④ 山中のはなれにある貸し切り露天風呂〈憑《つ》き物落としの湯〉
⑤ 本館一階の日替わりの薬湯（男湯）
⑥ 本館一階の日替わりの薬湯（女湯）

⑦　本館四階の貸し切り展望貴賓《きひん》風呂〈月見の湯〉

ほかに施設としては、川沿いの東屋《あずまや》に並んでいる地獄釜《じごくがま》と、茶室の広縁《ひろえん》に沿って設けられた足湯がある。

地獄釜というのは、温泉からあふれ出る蒸気熱を利用して調理ができる天然の蒸し器みたいなものだ。人間界でも、別府温泉などで見られる。凛子はまだ地獄蒸し料理は食べたことがないので、ちょっと気になった。

湯守頭《ゆもりがしら》である百爺の持ち場は、中庭に抜ける出入口の左手を進んだところにあった。

ちなみに右手には奉公人が事務を執《と》る詰め所がある。

引き戸を開けると、中は十畳《じょう》ほどの板の間で、壁面の作り付けの棚《たな》にはおびただしい数の瓶《びん》や壺《つぼ》がずらりと並んでいた。

瓶や壺には中身が何であるかを記したラベルが貼られている。陳皮《ちんぴ》、桂皮《けいひ》、甘草《かんぞう》、茯《ぶく》苓《りょう》。

「このへんは人間界のとおなじね」

しかし、ほかにも見たことのない薬木や薬草も多くあって興味を惹《ひ》かれた。

「わあ、なにこれ」

母の影響か、乾燥した花や葉や木の実、果物の皮、スパイスなどには妙に愛着を覚えるのだ。それがこんなふうに整然と箱や瓶につめられていたりするのを見るとたまらない。

中には液体に浸けられた大根の脚みたいなものや、鶉《うずら》の卵が連なったような謎の物体もあって、ここは眉《まゆ》をひそめてしまった。

入り口の正面に小机があって、帳面が置いてあった。『薬湯　覚書《おぼえがき》』。

その日、どんな生薬をどのくらい調合したのかが記されているようだ。おおよその客の人数や、贔屓《ひいき》にしている何某《なにがし》かの名も書かれている。

「わしの仕事は七つの湯殿の監督と、常連が好んで訪れる一階と四階の内湯で、日替わりの薬湯を沸かすことじゃ」

百爺が次の間へと続く戸をあけながら言った。

「わ……っ」

戸をあけたとたん、ものすごい熱気に煽《あお》られた。

中は広い土間で、正面に焚《た》き口《ぐち》の大きな炉《ろ》があった。

奉公人とおぼしき二本角の鬼が、尻《しり》っ端折《ぱしょ》り姿でその焚き口に薪《まき》をくべている。

「ここは一階と四階の薬湯をたてる釜場じゃ」

熱気を放つ炉の側面には丸い温度計がついている。周りにはバルブや配湯管も見られる。いわゆるボイラー室なのだ。

「内湯は薪で湯を沸かしているのね」

炉の反対側——入口の右手には、竈《かまど》がふたつ並び、その横には石造りの流しつき作業スペースがあった。幅は一間ほどだろうか。包丁の置かれたまな板や、薬草をごりごりとすりつぶす薬研《やげん》が置いてある。

どちらの竈にもまだ火の気はなく、右の竈には鍋《なべ》がのっている。径は五十センチと大きいが、中身は空《から》っぽだ。

「ここで薬を煎《せん》じるの？　この大鍋で？」

「そうじゃ。さっそく湯を沸かさねばな」

百爺が言うと、出入口の方からだれかがやってきた。凛子とおなじ縹色《はなだいろ》のお仕着せを着た三十路《みそじ》くらいの女性だ。細面《ほそおもて》の美人で、肩下まである髪を一つに束ねている。

「おお、来たか、沙世よ」

百爺が言った。この女性が沙世なのだ。

「あら、新顔さん……？」

沙世は凛子を見て目を丸くした。

「蒼井《あおい》凛子です。今日からここで働かせてもらうことになりました。あの、沙世さんは人間なんですよね？」

「ええ、そうなの。はじめまして。内村《うちむら》沙世といいます。よろしくね」

沙世はにこやかに名乗った。これまでは耳慣れない妖の名ばかりだったので、日本人らしい普通の氏名を耳にして凛子はなにやらほっとした。

「沙世はわしの仕事場をきれいに掃除《そうじ》してくれるのじゃ」

「爺様はほんとに散らかし屋さんで。さきほど灰溜めからこぼれていた灰や、爺様のゴミを集めて、全部捨ててきたところよ」

そのほか、脱衣場や厠《かわや》などを営業時間内に定期的に見回ってきれいに保つのが仕事なのだという。

「私は、ひと月とちょっと前にこの郷へ迷い込んだの」

沙世は箒《ほうき》と塵取《ちりと》りを壁際に置きながら言った。

「まだ最近なんですね」

「ええ。この湯屋の前で倒れていたところを、奉公人の方が見つけて助けてくれて、それ以降、お世話になっているのよ」

その先は声をひそめて続ける。

「はじめはおかしな生き物ばかりでどうしようかと思ったけれど、みなさん見た目のわりに人間らしくて、優しく接してくれるのでようやく慣れてきた頃よ」

ということは、もともと妖が見える体質というわけでもなかったのだ。ふつうに生きてきた沙世にとって、ここへ来て初めて目にした角や獣耳などはさぞ受け入れがたいものだっただろう。

「湯も沸いてきているので、さっそくとりかかるとしよう。わしは薬草を持ってくる。お凛は薬を煎じるために鍋に水を入れて、竈の火をつけておいてくれ。火は炉からもらってもいいが、初日なので火熾《お》こしから学んだ方がよいな。やり方はそこの坍《たん》に聞くのじゃ」

百爺が、坍と呼ばれた炉の前で薪をくべている二本角の鬼を顎《あご》で示した。

「よろしくお願いします」

凛子は坍に頭を下げたが、ちらとこちらを見ただけだ。

「沙世も次の見回りまで暇じゃろうから、ちょいと手伝ってやれ」

「わかりました」と沙世が頷《うなず》くと、百爺は隣の薬部屋に戻っていった。

火熾こしは、クズやソダと呼ばれる落ち葉や小枝を着火剤にし、坍がそこに妖力で火を入れ、燃え上がったところで薪の投入に移った。

凛子は子供時代に林間学校でやった焚火《たきび》を思い出した。カレーを作るために、地面に穴を掘って、新聞紙や小枝や炭を使って火を焚いたっけ。

「昔は料理もお風呂も、こんなふうに竈《かまど》の火を使っていたんですよね……」

「そうね、ガスや電気が使える現代と違って大変だったでしょうね」

沙世もしみじみと焚き口を眺める。

炎はめらめらと広がり、炉内をなめるように燃え盛る。

煙がこちらにも少し洩《も》れて、煤臭《すすくさ》いような、香ばしいような匂《にお》いがしてくる。

湯屋を表から見たとき、天に向かって煙突が高く聳《そび》え立っていた。煙はあそこに抜けるのだろう。

火が燃えてくると、坍が丸太や太い角材を投入しはじめる。このままどんどん火力を上げるのだという。

「もってきたぞよ」

しばらくして、百爺が薬を抱えて隣の部屋から戻ってきたので、凛子は生薬を煎じる準備に移った。

薬湯は、地下から引き揚げた真水を適温に沸かした真湯に、生薬の煎汁《せんじゆう》を混ぜてたてる場合と、フレッシュな生薬をそのまま湯に浮かべて薬効を得る場合とがあるという。

「今夜は五木八草湯《ごぼくはっそうとう》を真似《まね》た定番の薬湯じゃ」

人間界にはかつて、槐《えんじゅ》・柳・桃の葉・桑《くわ》・梶《かじ》の五木に、菖蒲《しょうぶ》・ヨモギ・オオバコ・荷葉《かよう》・オナモミ・スイカズラ・馬鞭《くまつづら》・ハコベの八草を調合した五木八草湯と呼ばれる湯が広く浸透していたという。

「これらを刻んで、袋に入れて煎じるのじゃ」

百爺が持ってきた生薬を、作業台の上に置いた。桂皮《けいひ》・陳皮《ちんぴ》・艾葉《がいよう》・山梔子《くちなし》・柏槙《びゃくしん》・茴香《ういきょう》・生姜《しょうきょう》・茯苓《ぶくりょう》・重薬《じゅうやく》・薄荷《はっか》・荊芥《けいがい》・橙皮《とうひ》・梶芽《かじめ》、これらが籠《かご》いっぱいに入っている。

「すごい量ね」

どれもバイト先で見たことのあるなじみのある生薬ばかりだ。凛子はそれらを百爺の指示通りに、作業台の上で細かく刻んだ。

刻んだものをさらに、目の細かい晒《さら》し木綿《もめん》の袋に詰めて、鍋に投入した。

生薬を煎じ始めると、バイト先で嗅《か》いだことのあるほろ苦いような匂いがしてくる。煎汁はいかにも薬効がつまっていそうな橙《だいだい》色だ。

「あとは、できた煎汁を湯に投入して完成じゃ。それまでは鍋のお守じゃな、頼むぞよ」

百爺はそう言い残して、隣の薬部屋へと戻っていった。

鍋で生薬を煎じているあいだ、沙世が話しかけてきた。

「凛子ちゃんは、京之介さんにここに連れてこられたのよね」

「はい。小さいころに助けた白い犬が京之介さんだったみたいで……。ここじゃ人間は下等な生き物らしいけど、どうしてそんな相手を嫁にもらおうと思ったのかな?」

凛子が首を捻《ひね》ると、

「だからこそ、なんじゃない?」

沙世が考えながら言う。

「人間は下等な生き物だけれど、助けてもらったから、お礼に添い遂《と》げて幸せにしてやろうということなんじゃないかしら」

「なるほど」

「昔話にある『鶴の恩返し』や歌舞伎《かぶき》の『葛の葉《くずのは》』なんかもそうよね。傷を負った鶴を助けた男のもとに、その鶴が人に化けてあらわれて妻になるの。それで富をもたらしてくれる。そういうの、なんといったかしらね。異類婚姻譚《たん》だったかしら。日本だけじゃなくて、海外の神話にも似たようなのがあるわね」

「なにも結婚までしてくれなくてもいいのに……」

有難迷惑というやつだ。それでなくても、妖が見えるようになってしまったことで、よけいな神経を使って生きねばならなくなった。

妖が見えないふつうの人間を演じることは、凛子にとっては、相手を偽物の自分で欺《あざむ》いているのと同じだ。だから、それならはじめから深く関わらないほうがいいと、いつのまにか人間関係が表面的で希薄なものになっていった。

おかげで、まともに友達と呼べる存在はひとりくらいしかいない。

「凛子ちゃんは、人間界では学生さんだったの？」

沙世が訊いてくる。

「はい。この春に短大を卒業したばかりです。まだ職無しの身なんですけど」

「就職先、なかったの？」

「いいえ、選ばなければけっこうありましたよ。でも私、バイト先のハーブカフェにそのまま就職したくて……」

「ハーブカフェ？　ハーブティを出すお店？」

「そうです。あと、ハーブを使ったスイーツや、ちょっとした薬膳《やくぜん》とかです」

「ハーブや薬膳って、あんまり馴染《なじ》みがないわね。私はお料理で少し使うくらいよ」

「ええ、ふつうそうですよね。うちは母がハーブ好きで、小さいころから部屋中ハーブとかポプリだらけだったんです。怪我《けが》や病気も、よくハーブを使った民間療法で治されました。運動会や音楽の発表会の日は、緊張しないようにってラベンダーをつめたサシェをお守り代わりに持たせてくれたり……」

　実際、どれほどの効果があったのかはわからないけれど、母がそれを施《ほどこ》してくれることに意味があったような気がする。うれしかったし、安心できた。おかげで知識もいろいろと身についた。

「それでバイト先もハーブカフェを選んだのね」

「はい。そのハーブカフェ、経営者が漢方医で、もとあった漢方薬局のとなりにあとから併設されたんです。こだわりの食材のみを使ってて、雑誌にも取り上げられるようなお洒《しゃ》落《れ》な造りでけっこう繁盛《はんじょう》していたんですよ」

「今はカフェブームだものね」

「ええ。素敵なお店で気に入っていたし、薬草の知識を生かせる仕事に就《つ》きたくて、短大を卒業したら、そのまま正社員にしてもらえることになっていました。……でも、去年の終わりごろにいきなり三月末で辞めるよう店長から伝えられて……。調理学校を卒業することになってる経営者の娘さんが入ってくるからって」

　たまたまアルバイトの身だったのは凜子だけだったし、正社員登用などは単なる口約束にすぎなかったので切り捨てられることになったのだ。店長は申し訳なさそうに詫《わ》びてくれたが、二年近く勤めて、店にも仕事にも愛着があったのでショックだった。

「実際、二月からその子が見習いで入ってくると、もうなんだか私は居づらくなっちゃって、その月の終わりに自分から辞めました」

凛子は苦笑しながら言う。その後はなかなか仕事探しをする気になれなくて、憂《う》さ晴らしのために奥出雲《おくいずも》に一人旅に出たところだった。

「そうだったのね……」

沙世が同情ぎみに相槌《あいづち》をうったところで、坍が薪を足すよう、こちらにぬっと角材を差し出してきた。

焚き口の火を見ると、たしかに少し勢いが落ちている。

「あら、お鍋のほうは熱くなってきたわ」

沙世が鍋を覗《のぞ》き込んで言った。額に滲《にじ》んだ汗をハンカチで拭《ぬぐ》っている。

釜場は確かにかなり熱い。きっちりと着物を着ているせいで、凛子も帯を締めたあたりにうっすらと汗をかいているような気がした。

ふと、沙世のハンカチの鮮やかな模様が目にとまった。

「きれいな模様ですね」

「あ、これ、素敵でしょう。手刺繡《てししゅう》よね。湯屋の前で倒れていたとき、手に握りしめていたらしいんだけど、どこで手に入れたか覚えていなくって気になっているの」

沙世がハンカチを広げて見せてくれた。

向こうが透けて見えるほどに薄い上質なコットンのハンカチの四隅に、細かな花柄の刺繡が丁寧《ていねい》に施されている。

花の色はやや濃いピンクから淡いピンク色、白い花、ほんのりオレンジ寄りの小花まで、緻密《ちみつ》なサテンステッチや愛らしい結び目のステッチによって立体的に表されている。

「刺繡の技術も素晴らしいけれど、このやわらかな色使いも気に入っているの」

沙世は花刺繡のふくらみをそっとなぞりながらほほえむ。

「本当に細かくてきれいですね……」

花々の優しい色合いが、若緑色の葉とあいまって、刺し手のぬくもりを伝えてくれるかのようだ。

そのとき、パチンと大きな音がして、凛子も沙世もそろって肩をびくつかせた。

坩はなにも言わないまま、自分の炉を見ているだけだ。

「薪が爆《は》ぜただけね」

ふたりは顔を見合わせて笑いあった。

驚いた拍子に、帯飾りの鈴もかすかに音を立てた。その鈴の音が、聞き耳を立てている白峰に気づかれたかもしれないと、少しひやりとした。

生薬を四半刻（三十分）ほど煮詰めると、百爺が戻ってきた。

水がはじめの半分ほどになり、香りも匂いも濃い煎汁ができあがっていた。

煎汁の粗熱《あらねつ》が取れるのを待ってから、いよいよそれを、坩が沸かしていた湯の中に入れる作業に移った。

「この配湯管から投入じゃ」

百爺が釜場の壁面にから上向きに伸びている太い管の蓋《ふた》を開けて言った。

径三十センチほどの丸い穴だ。管は壁の向こうの男湯に繋《つな》がっていおり、女湯とは水面下にある柵《さく》で隔《へだ》てられているだけなので、ほどなく女湯のほうにまで薬の成分が行き渡る仕組みなのだという。

凜子は鍋摑《なべつか》みで重い鍋を抱えて穴の付近まで持ってゆき、「せーの！」と掛け声をかけてそこに出来上がった煎汁をどどーっと流し込んだ。

まだ熱いせいもあってか、煎じ薬はものすごいきつい生薬の匂いを放ち、一気に壁の向こうへと流れ落ちていった。

その後、凛子は、木製の湯かき棒を持って百爺と一緒に出来栄えを確かめに浴場のほうへ回った。

開店の時間が迫っているので、番台にはすでに白峰が座しており、それまでいなかった下足番《げそくばん》や用心棒らも姿をあらわしていた。

用心棒は、湯屋内でしばしば起こる客同士の喧嘩《けんか》の仲裁《ちゅうさい》や、板《いた》の間稼《まかせ》ぎ（他人の着物や金品を狙う困った客のこと）の見張りなどを担っているが、京之介が私的に雇った護衛みたいなものらしく、奉公人たちとは微妙に立場が異なるため、お仕着せは着ていない。

どちらも威風堂々とした若い妖で、赤い髪にいかめしい角のあるのと、青系の衣装に身を包んだ色白の雪妖がいる。髪の赤いほうは名のある妖の息子らしいが、凛子には名乗ってくれなかった。

男女の薬湯は、玄関を入って真正面にある。

男湯の暖簾《のれん》をくぐって中に入ると、脱衣箱の並んだ脱衣場があった。まだ客はいない。その奥の引き戸を開けて浴室に進むと、石敷きの浴場を隔《へだ》てて天然木製の湯槽《ゆぶね》があった。

檜《ひのき》造りかと思ったが、水に耐性のある高野槇《こうやまき》でできているのだという。年月を経て多少黒ずんでいるが、四隅に置かれた灯楼《とうろう》とあいまって趣《おもむき》がある。ちなみに灯楼の中には鬼火が入っていた。

「高野槇は脂気《あぶらけ》を多く含むので、船や橋、桶《おけ》なんかにもよく使用される木材なのじゃ」

百爺が湯かき棒で湯槽内をかき混ぜながら教えてくれた。

その後、均一に混ざった湯水に手を差し入れ、

「四十二度、よい湯加減じゃな」

次いで、手でひと掬《すく》いした湯を口元にもってくる。

「飲んじゃうの？」

凜子はぎょっとした。

「これが一番確実な確かめ方じゃからな。だが、明朝は旧友と〈酒の湯〉で酒盛りなので控え目にしておかんと」

「〈酒の湯〉ってなに？　まさかお酒のお風呂に入りながら、そのお湯も飲むとか？」

ワイン風呂や日本酒風呂は、デトックスや冷え取りなど効果豊かではあるが、飲んで入ればアルコールの回りが早くなって危険だ。

「それは人間の話じゃろ。わしは六十度の純米吟醸《じゅんまいぎんじょう》風呂に入って飲み明かしてもまったく平気じゃ。明朝は麦酒《ばくしゅ》もあるというので楽しみにしとるんじゃ。わはは」

百爺は湯水をおもむろに口に含み、転がして味わったあと、ごくりと飲み下した。

「風味は問題なし。いい具合に調薬されておる」

あとは女湯もかき混ぜ、お客を待つだけだと太鼓腹《たいこばら》を叩いて言った。

3.

暮れ六ツ（夕方六時頃）になると、湯屋が開いた。

玄関では〈高天原〉と書かれた両脇の提灯《ちょうちん》に火がともり、紺地《こんじ》に〈湯〉の文字の染め抜かれた暖簾が、ゆらりと夜風に揺れる。

お客はたいてい、徒歩で来るか、車体の前方が巨大な人面になっていて自走する、朧車《おぼろぐるま》という牛車《ぎっしゃ》の妖に乗ってやってくる。

朧車は、温泉郷に浸透している交通手段のひとつだ。海、山、河（ただし三途の河は除く）を渡ることのできる猛者《もさ》で、支払いに応じて速度を変えてくれるのだという。

朧車から降りた一番乗りの浴客が、さっそく暖簾をくぐって中に入ってきた。一ツ目の親子だった。

番台の白峰が、凛子には見せたことのない見事で完璧《かんぺき》な営業用スマイルで、彼らから浴銭を受け取る。

「さて、ほかの湯を見回りに行くとするか」

百爺が言うので、客を眺めていた凛子もついていくことにした。

〈高天原〉では各湯ごとに湯守がいて、湯加減を見たり、異状が無いかどうかを管理しているので、彼らを監督するのも百爺の仕事だという。

「お湯のお守をする人がいるのね」

「当然じゃ。湯は生きているからのう」

とくに源泉掛け流しの湯は、季節や天候に温度が左右されることもあるので、湯守がつきっきりで温度や湯量を管理している。源泉の湧き出すところから湯殿までのあいだの湯道で外気にふれさせたり、量を調整することで常に一定に保つのだという。

ふたりは裏玄関から中庭に出た。

中庭には、毎分七百リットルの湧出量を誇る大湯と〈玉響《たまゆら》の湯〉がある。毎分百リットル程度出ればよい源泉とされているというから、ここはかなり出の良い温泉だ。

ざばざばと、湯口から湯の流れ落ちる気持ちの良い音が耳をうった。

開店から四半刻を過ぎて、大湯には浴客が七人ほど入っていた。人型をしている者もいるが、みなどこか特徴的な容姿で、ひと目で妖とわかった。

「あっ、だれか倒れてる！」

幅が三尺ほどもある大柄なのが、ひとり〈玉響の湯〉の横で転がっている。

「いや、あれはただのトド寝じゃ」

「トド寝?」

「湯槽から溢《あふ》れる源泉かけ流しの湯を、ああして全身で味わっているんじゃよ」

かなりの通《つう》がやることだという。

「浴場で起きる異状とは、例えばどんなことがあるんですか?」

「人間はみな肌がつるっとしておるが、妖は毛むくじゃらや、ぬめぬめなのや、色んなのがおるからな、ときには湯水が盛大に濁《にご》ったりする。そうした場合はいったん、湯からあがってもらわねばならん。外の湯は源泉かけ流しだからまだよいが、館内の薬湯は、その日一日は湯水が入れ替わらんから厄介《やっかい》じゃ。以前、有害な毒素を肌から放出してしまう客がいて、往生《おうじょう》こいたわ。糞《くそ》を垂れる困った客もいたしな」

「ああ、それなら江戸時代の銭湯でもあったと母から聞いたことがあります。ほかにも流血沙汰《ざた》なんかで臨時休業にせざるを得ない日がしばしばあったって」

「おお、流血沙汰もあったな。喧嘩っ早そうな危うい客は、用心棒が門前払いしてくれることになっておるのだがな。まあ、たいていの喧嘩は湯槽《ゆぶね》に浸かってからおっ始まるからな。気づいたら血の池地獄じゃ、人間の郷にあるじゃろ、血の池地獄。南のほうに。大昔に一度だけ、行ったことがある」

「別府の鉄輪《かんなわ》温泉のことかな」

「そうじゃ。あそこは酸化鉄の沈殿物のせいで赤茶けておるだけじゃがな」

「もしかして入ったこともあるの？　昔はきっと今みたいに観光地化されてなかったんでしょう？」

「連れは入ったが、わしは熱すぎて入れなんだ。八十度近くあるからのう」

「そんな高温でも入れる妖がいるのね」

「鉄分や硫化水素《りゅうかすいそ》の匂《にお》いが取れないほどの怪湯を好むイロモノもおるぞよ」

そのへんは人間の物差しではちょっと考えられない。

「ここの大湯も、鉄輪温泉とおなじ自然湧出泉《しぜんゆうしゅつせん》じゃ」

百爺が湯けむりの香る湯面を見渡しながら教えてくれた。

「自然湧出泉……？」

「湧き水のお湯版みたいなもんじゃな」

温泉には三つの種類にわけられるという。

一つ目は地表から自然に湧き出る自然湧出泉。

二つ目は水圧や湯量に恵まれているため、掘削《くっさく》後に自力で湧き出てくる掘削自噴泉。

三つ目は、地面から湧出する力がないため、ポンプなどで引き揚げた掘削揚湯泉《ようとう》。

「おまえさんの住んでいた人間の郷にある温泉は、今は多くが掘削揚湯泉じゃな」

人間界では昔に比べ、温泉の数がずいぶんと増えたが、その多くが、発達した掘削技術で地中から引き揚げているのにすぎないのだという。

「温泉は、強引に機械で引き揚げれば、湯の質が劣化してしまう。それによって湯の個性も失われてしまうのじゃ。だから、この大湯のように、自然に湧き出るままの形態がもっとも理想的なのじゃよ」

「そうなのね」

ここの大湯は稀少なのだ。

巨大な湯壺《ゆつぼ》の脇の濡れた敷石は、月明かりを浴びて照り輝いている。

満開の桜の木なども、ときおり花びらをはらりはらりと落とし、昼とはまた違った趣《おもむき》があって、凛子はほうと見惚《みと》れてしまった。

その後、茶室に併設されている半露天風呂や山中にあるはなれの湯、四階の展望貸し切り湯などをひととおり巡り終え、坍と釜場で火の具合を確かめたあと、最後に鈴梅が働いているという二階の座敷に寄ってみた。

二階は北側が座敷で、南側に厨《くりや》がある。

座敷は湯あがりの客がくつろぐための場所なので、お茶屋やお菓子がふるまわれ、娯楽《ごらく》のために囲碁《いご》や将棋《しょうぎ》も置かれている。

凛子が百爺と覗《のぞ》いてみると、すでに湯から上がったいろんな妖が集まって、くつろいだようすで喋《しゃべ》っていた。

人型に統一されている奉公人たちとは違って、浴客の姿形はさまざまだ。肌の色がアマガエルのような若緑色の河伯《かはく》や、ワニみたいにごつごつした肌をもつ謎の妖もいるが、みんなつやつやしていて、どことなく湯あがりだとわかる。なにより、表情がほがらかなように見受けられ、気分がよさそうだ。

鈴梅は茶釜のところで待機して、おかわりをしに来る妖にお茶を注いだり、お菓子をふるまったりしている。

「京之介さんがいるわ」

窓際で、牛の角が生えた大柄の男と向き合って碁を打っている。相手は人型に化けた牛鬼だという。

京之介はあいかわらず着物の着姿も美々しくて、碁を打つ姿が堂《どう》に入《い》っている。

「若はああして客を接待するのが仕事じゃ。宴席で一緒に酒を飲んだり、ここで碁を打ったり、ときには商談もする」

「ところで、京之介さん、いつも首に布を巻いているわね。寒いわけでもないのに」

今も、襦袢《じゅばん》と同系色の布で首元を覆《おお》っている。布には上品な金彩《きんだみ》の柄が入っているから、飾りなのだろうか。

「いつもとは限らんが、出掛けるときは、必ずしておられる気がするな」

たいして気に留めていないそぶりで百爺が言う。

「京之介さんのことを若と呼ぶということは、百爺はもしかして先代のときからここにいたとか？」

「わしは初代から仕えておる。白峰の上をいく古株じゃぞ」

「初代？　ここの創業は九〇〇年前よね？」

平安時代頃だろうか。一体、百爺は何年生きているというのだ。

「ちなみに白峰さんはいつからいるの？」

「あいつは二代目の時からじゃな。まあ、代替わりのときは毎度いろいろと大変じゃったわ、いろいろとな」

百爺は目を細め、しみじみという。由緒《ゆいしょ》ある湯屋だ。語りつくせぬ歴史があるのだろう。

なにがあったのか知りたい気もするが、また今度ゆっくりと聞くことにした。

「さて、持ち場に戻るとするか。火加減を見ねばならん」

百爺が階段のほうに向かうので、凛子もそのあとを追う。

身をひるがえすたびに、帯飾りから、さらさら……、と鈴の音がこぼれる。お客の妖たちは、なるほど凛子を襲おうと思わないようで見向きもしなかった。

去り際に京之介だけがこちらを見たが、凛子は気づかなかった。


湯屋の営業時間が終わりを迎えたのは明け六ツ。人間界の時間でいうと午前六時だった。

真夜九ツ（夜中の零時《れいじ》）でピークを迎えた客足は、暁《あかつき》七ツ（午前三時）になると落ち着き、そこからはまばらになり、空が白みはじめるころにはほとんどの客が湯屋から姿を消していた。

妖はやはり夜を好むようだ。

昼型の暮らしに慣れている凛子はというと、昼間、睡眠をとったし、初日とあって気が張っているせいか眠気はまったくなかった。

ふつうは途中で一刻（二時間）ほどの休憩がもらえるという。

客がみな帰ってしまっても、まだ仕事は終わらない。湯槽の掃除《そうじ》である。

今夜は中庭にある〈玉響の湯〉が湯落としの日なので、そこの清掃を手伝った。

湯口を堰《せ》き止め、栓《せん》を抜くと、湯水がどうどうと吸い込まれて嵩《かさ》が減ってゆく。

とにかく広いので、数人がかりで清掃にあたる。凛子はまだお仕着せの東絡《あずまから》げ姿に慣れなくて、デッキブラシの使い方もたどたどしかったが、ほかの清掃担当の妖に混じって一生懸命にごしごしと湯垢《ゆあか》を落とした。

湯水が流れてしまうと、浴客の肌から零《こぼ》れ落ちたと思われる大きな銀の鱗《うろこ》や、七色に光る髪の毛などもあって、凛子はつくづくここが異界の温泉郷なのだと思い知るのだった。


湯槽をきれいに掃除し終えたあと、脱衣場を抜けて番台のほうに出ると、外はすっかりと明るくなっていた。

番台にいた白峰が、上がってよいと言ってくれた。

沙世が、ちょうど凛子を探しに来たところだった。

「お凛ちゃん、まかないが用意されてるから、宿舎の座敷へ戻りましょう」

そういえば、深夜に、百爺から貰《もら》った蒸し饅頭《まんじゆう》みたいなのを食べたきりなのでお腹が空いていた。

宿舎の座敷には、すでに何人かの奉公人がいた。

浴場で見かけた縹色《はなだいろ》の浴衣姿《ゆかた》の一ツ目の男が一人と鬼が四人、華やかな髪飾りをつけたこれまた浴衣姿の女の鬼が三人と獣耳の女が二人ほどいた。人型の妖ばかりだ。まかないを食べている者もいたし、煙管《きせる》でたばこをふかしてくつろいでいる者もいた。

あとから鈴梅から聞いたのだが、彼らは三助《さんすけ》と湯女《ゆな》だった。客がいなくなれば上がりなので、たいてい一番乗りでここに来ているのだという。

沙世が「お疲れ様です」と言って入っていくので、凛子もそれに倣《なら》った。

みな、一旦は興味津々《しんしん》の目でこちらを凝視したあと、女たちは「お疲れ様ー」と抑揚《よくよう》のない声で返し、男たちはそしらぬふりで手元のどんぶり飯を掻《か》っ込む。

なんだか妙によそよそしい。

京之介の指示で見習いとして扱うよう言われているから、こんな微妙な態度なのだろうか。あるいは、沙世も凛子も下等生物である人間だからか。顔をつきあわせるのは初だったので自己紹介をして頭でも下げるつもりだったのだが、しそびれてしまった。

「お疲れ様だっただね」

鈴梅がやかんを持ってきて、お茶を汲《く》んでくれた。鈴梅も、二階での接客を終えて宿舎に戻ったところだった。

机の上に用意されているのは、どんぶり飯だった。カエルの丸焼き丼とかだったらどうしよう、と一瞬不安になったが、蓋《ふた》を開けると、卵焼きと焼き鳥の香りがふうわりとした。

「おいしそう……」

炊《た》きたての白米の上に、炒《いた》めたとき卵、そして炭火で照り焼きにしたという鶏肉がのせてある。

鶏肉は温泉郷の郊外で育った地鶏で、郷内によく流通しているのだという。鶏肉のまとう焦げ目の風味と、照り焼き独特の甘辛《あまから》いタレの味が、ふわふわの卵のうまみとあいまって絶妙だ。

「香ばしくておいしい……」

鶏肉のやわらかさにも感動して、凛子は思わず声をあげてしまった。マヨネーズを添えたらいっそうおいしくなりそうな気がしたが、さすがにこの郷にそんな調味料はなさそうだ。

皆の目が異様で、なんとなく居心地が悪い思いだったが、美味《おい》しいまかないと、鈴梅の明るい笑顔に癒《いや》されて、ほっと和《なご》んだ。

4.

まかないを食べ終えたあと、沙世に誘われて中庭の大湯に浸かった。

朝五ツまでは、奉公人たちが入るのを許されているのだという。

入り込み湯（混浴のこと）なので、湯帷子《ゆかたびら》という、ごく薄い綿の着物を羽織《はお》っての入浴だ。沙世曰《いわ》く、昔は人間界でもそういう習慣があったらしい。明るい時刻に、本館からも宿舎からも見下ろせるこのあけっぴろげな露天風呂に全裸で入るのは勇気がいるのでちょうどよかった。

「この広い温泉、早く入ってみたかったんだよね」

岩に囲まれた湯槽の縁まで行くと、凛子はわくわくしながら湯面を見下ろす。

稀少な自然湧出泉。泉質は湯冷めのしにくい塩化物泉だという。

凛子は、入る前に手で湯にふれてみた。

「百爺は、温度は四十五度くらいだと言っていたわね」

実際は湯槽に届くまでに少し冷めてはいるだろうが、分類としては熱めの高温泉だ。

つま先からそっと中に入ってみる。

「かなり熱い……」

ぎゅっと肌を引き締められる感じがする。

「そうね。湧いたのをそのまま引き込んでいるから……」

沙世も隣で、足から慎重に湯の中へ入っている。

ゆっくりと腰を下ろすと、胸の上部までが湯水に浸かった。

塩化物泉は無臭だといわれているが、ほのかに硫黄《いおう》のような匂《にお》いがした。湯の中に、白い湯の花が舞っているのが見える。

湯水に身体《からだ》が慣れてくると、凜子は思い切り手足を前のほうに伸ばした。

「さすが温泉、肌触りが柔らかな感じがしますね」

「家のお風呂のお湯はなんとなく尖っている感じだものね」

沙世も足を崩しながら言う。

「塩化物泉は、塩分が主成分だから、飲むと塩辛《しおから》いんだって百爺が言ってました。あと、傷の殺菌もしてくれるって」

人間界にもよく見られる泉質なのだという。

「あ～極楽極楽」

身体の緊張がほぐれて、一気に解放された感じだった。凜子はつい、いつものように年寄りみたいに、しみじみと湯感を味わってしまう。

やっぱり温泉はいい。とくに露天風呂は、情緒《じょうちょ》のあるまわりの景色も楽しめるし、析《せき》出物《しゅつぶつ》のこってりついた湯口を眺めながら湯に浸かるなんてたまらない。ここは実際、極楽に近い黄泉の国への入り口なのだが――。

湯水にすっかりと身体が慣れて馴染《なじ》んでしまうと、あくびがひとつ出た。

「疲れた？」

沙世が顔を覗《のぞ》きこんでくる。

「はい、ちょっと……。お湯に浸かったら急に眠気が……」

言っているうちに、またひとつ、あくびが出る。

「私もはじめのうちはそうだったわ。昼夜逆転の暮らしだものね」

今はすっかりと慣れたようすで沙世が言う。

「沙世さんは、どうしてこの温泉郷に来てしまったんでしょうね？」

凛子は強引に攫《さら》われてこられた身だが、沙世はこの湯屋の前で倒れていたのだと言っていた。

「それがさっぱりわからないのよ。買い物に出掛けたところまでは覚えているのだけど」

「ときどき迷い込んでしまう人間がいるって鈴梅が言っていました。なにか心当たりがありませんか？　妖にからまれたとか……」

「ないわね。妖なんて、ここへきてはじめて目にしたわ。私はそういう類《たぐい》のものを信じないタイプだったから、本当に驚いたわ。どこにでもいる、ただの平凡な主婦なのよ」

沙世も困ったようすで苦笑し、続けた。

「私も人間界に帰りたくて、ここで助けてもらって以降は、働いてお金を貯めているの。お金があれば、郷の大門を開けてもらって人間界に帰れるらしいから」

「ええ、関所や難所を通るのには、お金が必要だと聞きました」

凛子はそれ以前に、あの狗神《いぬがみ》と離縁《りえん》しなければいけないのだが。

「沙世さん、お子さんは？」

「八つになる娘がひとりいるわ。桃香《ももか》というの」

「小学生なんですね」

「ええ、私がいきなりいなくなってしまって、きっと寂しい思いをさせているわ」

沙世の表情が曇る。

「まだまだお母さんが恋しい時期ですもんね……」

凛子が母を亡くしたのは十歳。それでも母親なしで生きていくには幼かったと思う。

「……桃香には持病があってね、弱視ってわかる？」

ふと、沙世が語りだした。湯に浸かって頰《ほお》の血色がよくなっていくのとは対照的に、彼女の表情は翳《かげ》りを増していく。

「聞いたことはあります。目がよく見えない病気……でしょうか?」

「そう。桃香は眼鏡《めがね》で矯正《きょうせい》しても視力が0．1以下なの。うちは気づくのが遅くて、四歳半のときに眼科で判明して治療をはじめたのだけれど、まだかなりぼやけているみたいなのね。担当の先生いわく、七歳〜八歳くらいまでに治らないと、ずっと見にくいままということもありえるらしくて……」

もっと早く気づいていれば、と自分を責めて落ち込む時期もあったという。

「だから、桃香のことが心配でならないの。早くお金を貯めて、人間界に帰らなきゃって」

沙世はやるせない気持ちを抑えるかのように、笑ってみせる。けれど、その笑みは脆《もろ》くて焦りが滲《にじ》んでいて、つらそうだ。

凛子もなにやらもどかしい気持ちになってくる。

「凛子ちゃんは、ご家族は?」

沙世が凛子の顔を覗いてきた。

「あ、いないです。私、片親育ちで、その母も小学校の時に亡くなって、ずっと母の実家に身を寄せてましたが、高校を出てからはずっと一人暮らしです」

短大の学費は、亡き母が遺《のこ》してくれたわずかなお金を充《あ》てた。

「そうだったの……、大変だったのね。十八で自立なんて頼もしいわ。私なんて、結婚するまでずっと親の脛齧《すねかじ》りしてたから」

「頼もしくなんかないですよ。今なんか無職だし」

なんだかくさくさとして人生に対して投げやりな気持ちだった。だから全部忘れて、一からやり直すために、奥出雲に旅に出たのだ。それなのにこんな黄泉の温泉郷に攫われてしまって、まったく、これから自分はどうなってしまうのだろう。

けれど沙世と話しながら温泉に浸かっていると、胸のくすぶりが幾らかなくなった気がして、凛子は快《こころよ》い溜息をはーっと吐き出した。

「お風呂はいいですよね……」

鬱々《うつうつ》とした気持ちを洗い流し、明日への気力と英気を養ってくれる最高の場所だ。

「この温泉郷は、とくにいいところよ」

沙世も月の浮かんだ夜空を見上げながら言う。

「慣れれば慣れるほどそう感じるの。おかしな生き物たちばかりでちょっと怖いけど、食べ物はおいしいし、温泉も気持ちいいし。帰るべき場所がないのなら、きっといつまでも居たい気持ちになるわ。家に帰ってもまた来たくなるかもしれない。中毒性があるように思うの。……でも、ここで一生暮らすわけにもいかないのだけどね」

　沙世は困り顔で苦笑する。

「私、今は仕事もない身だから、正直、人間界にはしばらく帰りたくないかも」

　凜子は湯水を手のひらで掬《すく》い、また放したりしながら言う。

「そうなの？」

「うーん、ここにいたいというよりは、人間界に帰りたくないって感じ。現実逃避なのかな。でも、あっちでなにかやらなきゃいけないことがあった気がするし、ここにいたら、あの狗神の嫁でいなくちゃいけないし、また薬草絡みの仕事をすることになるから、それも嫌なんですけど……」

　凜子は苦笑いする。

「薬草を扱う仕事、もう嫌なの？」

「なんとなく、働いてたお店のこと思い出しちゃうから……」

　しばらくは遠ざかっていたいと思ってしまう。

「でも、せっかくの知識や経験を無駄にすることはないわ。ここにいるにしても、人間の郷に帰るのだとしても、必要としてくれる相手がいるのなら、生かした方がいいと思うよ」

沙世は前向きに言ってくれる。たしかに、自分の居場所をみずから狭めるような考えをもつのは損なことかもしれない。

「それにしても、いつ帰れるのかしらね。お金も簡単に貯まりそうにないし……」

沙世がふうと溜息をついて、また夜空を見上げる。

「ほんとですよね。あー、沙世さんがいてくれてよかった。こんな妖だらけの湯屋に人間の私が一人きりだったら、今頃、厠《かわや》に籠《こも》って泣いてます」

沙世も首まで温泉に浸かりながらぼやく。

「ふふ、凜子ちゃんなら大丈夫そうよ？」

「そうですか？」

小さいことは気にしない性格のほうではあるけれど。

「人間界に帰れたら、またあっちで会いたいわね。どこかの温泉に一緒に入りましょうよ」

「いいですね！」

凜子は沙世と意気投合《いきとうごう》してにこやかに頷《うなず》いた。

一緒に温泉に入って和《なご》んだせいか、すっかりとうちとけることができた。裸のつきあいってこういうのを言うのかもしれない。

ふたりして、さっぱりとした気持ちで風呂から上がると、籐莚《とうむしろ》敷きの脱衣場で湯屋が貸し出しているという花模様の浴衣《ゆかた》に着替えた。

洗った髪を拭こうとして、脱衣箱からタオル代わりの綿布を取り出したところで何かが床に落ちた。帯飾りだ。綿布にひっかかったらしい。

「あら、帯飾り……？」

気付いた沙世が、帯飾りを拾ってくれた。

「これ、京之介さんに貰《もら》ったんです。この鈴に魔除《まよ》けの効果があるみたいで。あんたが一番の魔物なんじゃないのって突っ込みたくなったんですけど……」

「ふふ、そうなの？　でも素敵な帯飾りだからいいじゃない。私もこんなの主人から贈られてみたい」

沙世はほほえみ、鈴をひと鳴らししてみてから凛子に手渡してくれる。

そこで凛子は、ん？　と思った。

いま、鈴が鳴らなかった……？

死人《しびと》は鳴らせない――京之介は確かそう言っていた。

「どうかした？」

沙世が怪訝《けげん》そうに顔を見てくる。

「いえ、なんでもないです。ありがとうございます」

凛子はあわてて帯飾りを脱衣箱に戻した。

沙世はなにも気づかないまま、半乾きの髪を纏《まと》めはじめている。

水琴鈴《すいぎんれい》なんて、揺らし方が悪ければ音が鳴らないときもある。たまたま鳴らなかっただけなのだろう。

気のせいよ。綿布で髪を乾かしながら、凛子は自分にそう言い聞かせた。

第三章　百目様の施し

1.

翌日。この日は三月の末日だった。

凛子《りんこ》が奥出雲《おくいずも》に行ったのは三月の二十九日。それからこの郷に攫《さら》われて二日なので、季節と共に、時の流れもおなじのようだ。

鈴梅《すずうめ》の部屋で寝て、目が覚めたのは昼過ぎの昼八ツ（午後二時）だった。

身支度《みじたく》を整え、宿舎の一階でほかの妖《あやかし》たちに混じってまかないを食べていると、鈴梅が言った。

「今夜はつごもり（末日）の紋日《もんび》だから、二階の座敷でお茶菓子をふるまうとおひねりがもらえるだよ」

「紋日？」

凛子は白ご飯をお茶で流し込んでから問う。

「元旦や二日の初湯《はつゆ》の日や、毎月、ついたち、十五日、つごもりが紋日だよ。ほかには端《たん》午《ご》の節《せっ》句《く》の菖蒲湯《しょうぶゆ》とか、土用丑《どよううし》の桃葉湯《とうようとう》とか、重陽《ちょうよう》の節句、恵比寿講《えびすこう》の日……、その時期にふさわしい湯をたてるだ」

「端午の節句の菖蒲湯は人間界でも有名ね。菖蒲の香りで邪気を遠ざけるんだよね。あと土用の桃湯も銭湯で入ったことがある」

「そうそう、暑気払《しょきばら》いのために桃の葉を入れるだよ。そんで二階でみんなにお茶やお菓子を配ってもてなすんだよ」

「客寄せのイベントデーみたいなものなんだね」

「お凜ちゃんもお茶汲《く》みを手伝ってみるだか？　みんな、おひねりをくれるだよ」

遊郭《ゆうかく》でも、紋日にはお客が揚げ代をはずむ習慣があるのだという。

おひねりが貰《もら》えるということは、お金が貯まるということ。つまりその分、あの狗神《いぬがみ》との離縁《りえん》も早く叶うということだ。

「ぜひとも手伝うわ！」

凜子は二つ返事で引き受けた。

「お菓子はどんなものをふるまうの？」

「いつもの温泉饅頭《まんじゅう》だよ。餡《あん》こが入ってて〈高天原《たかまがはら》〉って焼き印が押してあるやつ」

至ってふつうの温泉饅頭だ。

「せっかくだから、いつもとは違ったものを出すのはどう？　そのほうが、おひねりも弾んでもらえるかもしれないじゃない？」

「違ったものって？」

「ほら、昨日のハーブキャンディみたいなのとか、ほかにもなにか……材料さえあれば私が作れるから」

自炊《じすい》の期間も長いので、お菓子作りにはある程度自信がある。火はあるから、釜場《かまば》の作業スペースで簡単なものならなんとか作れそうだ。問題は材料だろうか。

「お凛ちゃんの作るお菓子、食べてみたいな。旦那様《だんなさま》に聞いてみるだか？」

鈴梅もその気になって目を輝かせた。

ふたりはご飯を掻《か》っ込むと、さっそく京之介《きょうのすけ》に許しを乞《こ》いに行ってみることにした。

京之介はちょうど、二階の北側にある厨房《ちゅうぼう》で板長と仲居頭《なかいがしら》、それに白峰《しらみね》の四人でなにかを話し込んでいるところだった。

今夜は〈有頂天《うちょうてん》の間〉で宴会が入っているので、その打ち合わせらしい。

厨房の脇のほうには出刃《でば》で、鶏《にわとり》かもしくはそれに似た肉を切っている奉公人がいた。仕込みが始まっているようだ。

板長はごつくて大柄な人で、背丈が二メートルほどもある。人型に化けているが猩々《しょうじょう》だという。ときおり竈《かまど》にかけた鍋《なべ》をかきまぜていて、厨房内には出汁《だし》の良い香りが満ちている。

仲居頭は人間でいうと五十絡みで細面《ほそおもて》の和服美人だが、首の伸びるろくろ首らしい。

「おはよう」

京之介が、入り口で顔を覗《のぞ》かせている凛子にいち早く気づいた。

「おはようございます」

鈴梅とともに頭を下げると、

「愛《いと》しの嫁御寮が、なにかお願いをしに来てくれたようだ」

「えっ」

いきなり京之介に言い当てられ、凛子はどきりとした。やはり勘が鋭い。

「お願いですか?」

白峰がけげんそうな顔をする。

板長と仲居頭も——凛子は初日の記憶が曖昧《あいまい》なので、この二人と個人的に顔をあわせるのは初めてなのだが、例によって、好意的とは言い難い、むしろよそ者を見るような排他《はいた》的な硬い表情でこちらを見ている。

まさに新参のよそ者なわけだが。

「今夜、二階座敷でふるまうお菓子を手作りしたいのです。今日は特別な日みたいだから、お菓子もちょっといつもと違ったものを出したらどうかなと思って」

凛子が願い出ると、

「お菓子を？　そういえば百爺《もんじい》が君からおいしい飴玉《あめだま》を貰《もら》ったと言っていたな」

京之介が思い出したように言った。

「ハーブキャンディのことかな」

「あたしも貰ったですよ。あれはたしかにおいしかっただ。はーぶの入ったお菓子はきっとおいしいべ。あたしはあのキャンディでお凛ちゃんの虜《とりこ》になっただ」

優しくしてくれると思っていたら、そこなのか。

「しかし、人間の小娘がこしらえた菓子など、どうなんですかね？」

白峰をはじめ、板長も仲居頭も懐疑的だ。

「おいしければ、良い客寄せになるだろう。甘いものならいいよ。俺も凛子が作ったお菓子を食べてみたい」

甘党というのは本当らしい。

「で、あんたはどんな菓子を作れるんだ？」

板長が仏頂面《ぶっちょうづら》で訊いてくる。

人間の小娘に何ができると言った蔑《さげす》みのようなものをひしひしと感じる。それでなくとも、職人気質《かたぎ》の相手からしたら、素人《しろうと》は邪魔者でしかないだろう。

「外によもぎが生えているのを見たから、よもぎ餅《もち》を作ろうと思います。中庭に地獄釜があるから、そこで蒸せば……」

凛子は板長の威圧感に気圧《けお》されつつ言った。さきほどまかないを食べながら考えた。

「よもぎ？」

よもぎは漢方でも艾葉《がいよう》と呼ばれる万能の生薬だ。

「山のふもとにたくさん生えている草です。薬湯でも使っていますよ」

薬部屋に艾葉はあったが、食する習慣はないらしい。

「ほかに材料は、なにがいるんだね？」

板長が訊いてくる。

「あずきと砂糖と米粉、それに白玉粉があれば。あとはあく抜きのための重曹《じゅうそう》も少し」

「白玉粉つうのは、団子を作るときの粉でいいのかね？」

「たぶん、そうです」

「なら、全部用意できる。あんたらの郷のものとは質が少々、異なるかもしれんがね」

板長はぶすっとしたままであるが、教えてくれた。

「ありがとうございます。ところで、生ものの保存はどうやってしているの？」

植物の育ち具合からしてこの郷にも四季がありそうだ。夏場、気温があがれば生ものは鮮度が保てないだろう。

「こっちに氷室《ひむろ》がある」

板長は食器などが置いてある大きな棚《たな》のとなりに向かった。板戸の向こうに、常に氷壁で冷やされた二畳《じょう》ほどの小間があり、いろいろな食材が保存されていた。

「ちなみに焼き物は、鉄板で焦がす以外、どうやって調理するの？」

凛子がこれも不思議に思って尋ねると、

「焼き窯《かま》があるのだ」

板長が氷室とは反対側の部屋の隅を指さした。釜場にあったのとはやや異なる、方形の竈があった。温度は火を調節しながらなのでやや不安定になるが、熟練した焼き方担当がいるという。

「これならひととおりの料理ができそうね」

「よもぎ餅は、どうやって作るの？　鈴梅も手伝いたいべ」

鈴梅が興味津々《しんしん》に言う。

「じゃあ、一緒にやりましょう」

凛子は釜場の作業台で作るつもりだったが、京之介が、板長らの邪魔にならないところで作るのなら良いと言ってくれたので、厨《くりや》で作らせてもらうことになった。

2.

凛子は鈴梅から借りた前掛けをして、さっそく製作にとりかかった。

竈の火は、坍《たん》に頼んで熾《お》こしてもらった。その間に、鈴梅と山によもぎを採りにいった。

二人がかりなので、よもぎはすぐに集まった。まだ芽吹《めぶ》いて間もないやわらかな若芽だが、独特の濃い香りに鼻をくすぐられる。

火が熾こるのを待って、採ってきたよもぎと小豆《あずき》の灰汁《あく》抜きをはじめた。

「こっちの竈で小豆を、そっちの竈はよもぎね。小豆は熱湯だけであく抜きできるけど、よもぎは重曹を入れるよ」

春先の新芽なら熱湯だけでいけるかもしれないが、念のため重曹を使うことにした。

「この小豆たちはどうするだ？」

二度ほど茹《ゆ》でて灰汁を抜いたあと、ざるにあがったほかほかの小豆を見ながら鈴梅が問う。小豆はおおきめの大納言《だいなごん》サイズだ。

「もう一度お鍋にかけて、やわらかくなるまで煮るのよ」

その間に、茹であがったよもぎをすり鉢《ばち》でごりごりとすりつぶした。若芽でも繊維《せんい》が意外と丈夫なので、手間がかかる。

「草のいい匂《にお》いだな～」

鈴梅が小鼻をうごめかす。

「この香りは強烈で、冷凍しても残るくらいよ。でも、体の調子をととのえてくれる力があるんだって」

よもぎがペースト状になると、次は餅の生地作りだ。

米粉に熱湯を加えてかき混ぜながらまとめる。米の蒸されるような良い香りがしてくる。熱いから、鈴梅が横からうちわを扇《あお》いで風を送ってくれた。

「鈴梅は、白玉粉のほうをやってみる？　水を入れながらこねるの」

凛子が言うと、鈴梅は容れ物に入ったさらさらとした白玉粉に、水をさしながら混ぜはじめた。

「どのくらいまで続けるだ？」

「耳たぶくらいになるまでよ」

それを米粉の中に加え、まんべんなく混ぜあわせると、もっちりした、ややぬめりのある生地ができあがった。

「これをいったん、地獄釜で蒸すの」

地獄釜の扱いは、よくわからないので坍に手伝ってもらった。

坍は一見、無口で近寄りがたいのだが、今のところ、きちんと頭を下げて頼めば素直に動いてくれる気のいい鬼だ。限りなく無言ではあるが。

中庭の東屋に行くと、湯気のあふれる竈が並んでいた。

坍が木蓋をあけると、高温の蒸気がもわっとあふれ出てきた。

「すごい蒸気ね……」

下からは百度近くの高温の蒸気が吹きあげている。ここに卵や野菜、海鮮などを置いてしばらく蒸すと、塩気の利《き》いた素材のうまみそのものが味わえる料理ができあがる。生卵なら六分ほど、サツマイモなら三十分ほどで蒸しあがるのだという。

坍はザルや鍋を置くくぼみに、凛子が渡した正方形の蒸籠《せいろ》を置いてくれた。とりあえず米粉と白玉粉をなじませるだけなので、十分ほど蒸せばいいだろうか。

いったん、厨に戻った凛子は、餡作りに移った。

やわらかくなった小豆に、砂糖を加える。

「これは三温糖《さんおんとう》っぽいわね」

上白糖と比べると、うっすらと茶色い色がついている。製法が異なるのだろうか。

「お凛ちゃんのとこの砂糖と、なんか違うだか？」

「ううん、大丈夫。ちょっと甘みが強いだけだと思う」

甘さは押さえたいので、小豆の中には控え目に入れておいた。

ふたたび地獄釜のところに行き、蒸しあがった餅を容れ物に移して厨に持って戻り、そこにすりつぶしたよもぎを加えた。

混ぜ合わせるうちに、よもぎの鮮烈な緑の色が白い餅のほうになじんでゆく。

「どんどんきれいな色に変わっていくだよ～」

鈴梅が興奮気味に言う。

「これに餡をつめて、丸めて蒸せばできあがりよ」

凛子はぎゅうぎゅうと餅をこねながら言った。熱いので、手をときどき水に浸しながらの作業だ。アルバイト先で草餅づくりを手伝ったときのことが思い出された。

だが、苦い思いはお店を辞めたという事実にあっただけで、薬草を使ってのお菓子作り自体は楽しい。この手の仕事につくのはもうやめようなどと決めつけるのは、やはり自分の居場所を狭めるだけで損なことかもしれないと、ふと凛子は思った。


「はかどっていますか？」

中庭の東屋《あずまや》にある地獄釜で、鈴梅とふたりで出来上がったよもぎ餅を蒸していると、白峰がやってきた。

「なかなか良い香りですが、一個当たりがえらく小さいですね。こんなところでケチぶりを発揮しなくとも」

蒸籠をのぞいた白峰が、網越しにずらりと並んだ小ぶりのよもぎ餅を見て言う。

「ケチったんじゃありません。食べやすいよう、小さめに作ったの。そのほうがたくさんできて、いろんなお客さんに食べてもらえるでしょう？」

「なるほど」

「白峰さんは、どうしたんですか？　味見でもしに来てくれたの？」

何か用事があって来た様子だ。

「実は、百爺が腹を下し、二日酔いもひどいので、今日はあなたに一階と四階の薬湯をまかせたいそうです」

「えっ、お腹が下るって、まさか昨日、私があげたキャンディのせい……？」

「いえ、おそらく飲みすぎでしょう。百爺ときたら昨日も午過《ひる》ぎまで飲んでいたそうです」

「そういえば、明朝は旧友と〈酒の湯〉に入って酒盛りするのだとか言ってたわ」

お湯をがぶ飲みしたいとか意味不明なことを言っていた。

「百爺は自他ともに認める酒豪《しゅごう》で、しばしば羽目を外し、挙句《あげく》に腹を下すのが大の得意なのです」

あまり褒められた習性ではない。

「私、まだ見習いの身なのに任されていいのかな？」

ここへ来て二日目なのだが。

「まったく、こちらとしても不安極まりないことですが、今夜は、一階の内湯は桜の湯と決まっていますし、四階の貸し切り湯のほうは、ほら、このとおり支度《したく》の仕方もしっかりと書いてあるそうですから、どうぞご安心を」

白峰はそう言って、袂《たもと》から出した百爺からのメッセージを手渡してきた。

お凛へ。

今日は二日酔いで働けん。濃厚な硫黄《いおう》泉の湯と、麦酒《ばくしゅ》と、芋焼酎《いもじょうちゅう》のちゃんぽんはまずかった、すまん。

薬屋が来たら茯苓《ぶくりょう》を受け取っておいておくれ。

以下、四階の薬湯の作り方じゃ。

お凛の胸三寸で。

以上。

百爺より。

「超テキトーなんですけど！」

これではどうすればいいのかわからない。

なかなかの達筆だったが、最後のほうは文字が乱れて震えている。さぞ腹がごろごろと痛かったのだろう。

「桜の湯は桜皮で沸かした湯に桜の花を浮かべるだけです。貸し切り湯のほうは桜にこだわらず、あなたが人間の郷で気持ちよかったと感じた湯を思い出して、調合してくれればよいそうです」

「わかりました。大丈夫かな、百爺……」

　あとでお腹の調子を整えるお茶でも煎《せん》じてもっていってあげよう。

「桜皮は薬部屋にあるのかな？」

　桜皮とは、桜の樹皮を干した生薬のひとつで、咳止《せきど》めや解毒の効果がある。花の散った初夏ごろに採取し、乾燥させたものが良いと言われているから、庭の物を使うとなれば季節的に少し早い。

「そろそろ薬屋が届けてくれますよ」

「薬屋？　百爺の手紙にも来ると書いてあるわね」

「九尾の狐だけども、情報屋も兼ねてて、ちゃらんぽらんで危ない奴だから心して相手するだよ」

　と、鈴梅が教えてくれる。

「そうなんだ」

「厨の片づけは終わりましたか？　あそこは本来、板前たちの職場ですから、少しでも汚せば大目玉ですよ。それでなくとも、百爺の口添えのおかげで釜場に採用されたのにすぎないあなたを敵視したり、邪魔に思う奉公人は多い」

その筆頭が私ですと言わんばかりの冷ややかな顔で忠告される。

宿舎の座敷での、皆の遠巻きな態度といい、やはり嫌われているようだ。

「わかっています……」

鈴梅も、ここで働けるのは名誉なことなのだと言っていた。

きちんと段階を踏んで採用され、下働き——おそらく薪《まき》拾いからはじめた彼女らに比べたら、凛子は棚からぼた餅状態でここにいるようなものだから、それだけでもおもしろくないのにちがいない。

「気にしなくていいだよ、お凛ちゃん。みんな、お凛ちゃんが旦那様に嫁入りしたから僻《ひが》んでるんだべ。女たちはとくにそうだな。仲居の猫娘たちも、今は暇を出されてしばらくはここにはいないから快適だべよ」

猫娘といえば、奥出雲の旅館で攫《さら》われたとき、自分に着物を着せてきた女たちのことだろうか。

「そういえば、私に京之介さんの言いなりになる薬を嗅《か》がせたのは介添《かいぞ》えの猫娘たちだったのよね」

そのお咎《とが》めを受けての休暇だろうか。

「言いなりになる薬というのは表向きの話です。温泉郷に来て気を失っているあなたに彼女たちが飲ませたのは旦那様に背く薬」

「背く薬？」

「はい。猫娘たちは、あなたに嫁いできてほしくなかったわけです」

凛子は首をひねった。

「だったら、どうして私は京之介さんの言いなりになってしまったの？」

「これがまたややこしいのですが……、薬屋がかんでいたせいです」

「今日、桜皮を届けてくれるという薬屋？」

「ええ。その手のまやかし系の薬はけっこう値の張るもので、手に入れるにはそれなりの事情があるものです。そこで使用用途を聞き出した薬屋が気まぐれを起こし、猫娘たちにひと泡吹《あわ》かせようと、薬効の真逆のもの、つまり旦那様にめろめろになる薬にすり替えた、との話です」

めろめろになる薬ってどんなだ。

「じゃあ、香を嗅がされなければ、私は結婚しなくて済んだということ？」

「そのはねっ返りぶりでは、おそらく取りやめになったでしょうね。旦那様は、自分に懐いて従順だったあなたをたいそう気に入っておられたようでしたから」

「薬屋め。よけいなことしてくれちゃって」

「まったくです。成婚の杯さえ飲まなければ今頃、これほどまでに可愛《かわい》げのない嫁御寮などとっくに人間の郷に送り返されていたでしょうに」

「へえ、やっぱりそうなの。京之介さんも、酒杯を飲んでしまったからここに私をとどめているだけなんだ」

別にそれでかまわないのだが。

実は凜子は少し気になっている。あの狗神《いぬがみ》の本心がどうなのか。彼は恩返しという名目で自分を攫って娶《めと》ったが、それは彼自身が十年前の約束を義務的に果たしたのに過ぎない。実際に娶った今、彼は凜子になにを思っているのだろう。

「さあ、存じません。今のは単なる私の願望ですので」

白峰は適当にはぐらかす。

京之介の本音など、実際、白峰にもわからないのかもしれない。

「とにかく、今晩は頼みますよ。百爺がなにを期待してあなたに任せるのかわかりませんが、くれぐれも粗相《そそう》のないようにしてくださいね」

白峰は眉間《みけん》にしわを寄せたまま念を押してくる。

「わかりました。これが蒸しあがれば完成なので、それからすぐにとりかかります」

凛子もさすがに気を引き締めて返事をした。

4.

よもぎ餅は、若草の香りも豊かに、そして地獄釜特有の塩気をはらみ、甘みがほどよく引きたっておいしく蒸しあがった。

出来上がったよもぎ餅を厨に運び込んだあと、凛子が釜場に戻ろうとしていると、ちょうど件《くだん》の薬屋が「まいど～」と言いながら湯屋の玄関から入ってきた。

白い獣耳にふわりとかさのある尾をもつ少年で、背に大きな薬箱を背負っている。

人間でいうと、高校生くらいだろうか。顔立ちは中性的な雰囲気《ふんいき》だ。色柄の鮮やかな垂領《たりくび》の水干《すいかん》に、数珠《じゆず》のような飾りをいくつも下げ、京之介よりもさらに色素の薄い髪には房飾りもつけている。その華やかな風体《ふうてい》のせいか、婆娑羅者《ばさらもの》という言葉が浮かんだ。

「まいど」

と番台にいた白峰が挨拶《あいさつ》を返す。

「お待ちかね、桜皮だ。ほらよ」

薬屋が白峰に桜皮の入った包みを渡そうとすると、白峰が「あちらの方にどうぞ」と凛子を示した。

「おっと、おまえは三代目の花嫁御寮じゃねーか」

凛子に気づいた薬屋は、でかい尻尾《しっぽ》をフワつかせながら、ずかずかとやってきた。小柄に見えたが、背丈は凛子よりも十センチほど高い。

「花嫁になった覚えはないのだけど」

「成婚の杯をぺろりと平らげてただろうが」

婚礼を見ていたらしい。危ないやつだと鈴梅が教えてくれたが、たしかに妖しげで危うい感じがした。

「……そういえば、私がこんな目に遭《あ》っているのは、あなたのせいだと聞いたわ。めろめろの薬なんかにすり替えてくれなくてよかったのに」

凛子が恨みがましく言うと、

「あの三代目が十年も待ちに待って、せっかくこっちに連れてきたのに、その場で暴れられてご破算《はさん》じゃつまんねーだろう。筋書きを変えてやったこの卯月《うづき》様の心遣いに、ちっとは感謝していただきたいね」

薬屋は肩をそびやかす。この薬屋は卯月というらしい。京之介と親しいのだろうか。

「感謝どころか、迷惑千万なんですけどっ」

凛子がむくれると、卯月はぐっとこちらに顔を寄せてきた。

「な、なによ？」

男とも女ともつかない、奇妙な艶《つや》のある顔が迫って焦る。

「狗《いぬ》はいいよ？　主に一途《いちず》で忠実な生き物だ。三代目なら、人間の男なんかよりもよっぽどおまえを幸せにしてくれると思うぜ？」

ふわり、と尾を揺らして言い含めるように告げてくる。

「よけいなお世話よ。私は妖の嫁になる気なんかないんだから。それより茯苓も受け取りたいの。もう注文してあるって百爺が」

凛子が言うと、薬屋が「おう」と頷《うなず》いて態度をあらため、背負っていた薬箱を下ろした。

箱というより、立派な薬簞笥《くすりだんす》だ。大小の引き出しがたくさんある。

「はいよ。茯苓も一合な」

卯月は茯苓の引き出しをあけ、中に入っている生薬を取り出す。それを升《ます》で測り、紙袋に入れてこちらに渡してきた。支払いはツケで月末にまとめてするのだという。

「ほかにどんな薬草があるの？」

凛子は薬箱に興味をひかれて問う。

「基本的になんでもある。おまえんとこの郷の物だって、ゆりかごから墓場のものまで、全部ネットで発注できっから」

「ネット？」

凛子はぎょっとした。この郷に似つかわしくない言葉だ。

「ああ。温泉の地熱発電と鳴神の力を借りて、オレの店だけ特別に電波が届く」

鳴神というと、雷の神様だ。

「あ、じゃ、私も友達とメールで連絡がとれるということ？」

「だれととるんだ？　おまえ、あっちの郷に頼れる知り合いなんかいねーだろ」

卯月が杏仁霜《きょうにんそう》の入った紙袋を閉じながら笑う。

凛子がひとり身なのを知っているような口調だ。情報屋も兼業しているとは聞いたが、まさかそんな私的なことまで把握《はあく》しているのだろうか？

「い、いるわよ、ひとりくらい。高校時代の友人のユキちゃんが」

ユキは料理学校に進学し、語学留学のために渡仏してしまったから、今は日本にはいない。まだ怖くて話していないけれど、唯一、妖が見えることを理解してくれそうな子だ。

「ひとりかよ、人望ないのな」

「悪かったわね。あんたたち妖のせいで、いろいろと苦労してきたんだからっ」

この今もだ。

「金と人脈は大事だぜ？　ハンデも武器に変える方向でしたたかに生きろや」

卯月が知ったような口をきく。

凛子とそう変わらない年のくせに。

いや、違う。年若く見えるだけで、実際は凛子よりもずっと長い年月を生きているはずだ。その証拠に、美しい若草色のまなざしは擦れていて、辛酸《しんさん》嘗《な》めてきましたと言わんばかりだ。九尾の狐といえば、人間の郷でも神格化されていて知名度はかなりある。

「ところで発注時のアカウントはどうするの？　だれが商品をここまで届けてくれるの？」

「あっちに棲《す》んでる知り合いの半妖に代行してもらってる。オレも自分の足でちょくちょく仕入れに行くけどな。人間の郷のものは手に入りにくいから、稀少価値が高い。高値をふっかけて、好事家《こうずか》たちにそいつを横流しする。いい商売だぜ？」

卯月は俗悪な笑みをはいていう。

「じゃあ、あんたに頼めば、ネットショップで売っているものは手に入るということね？」

「そういうことだな。仲介料はオレがガッポリいただくし、少々時間はかかっちまうが」

「そこ、よけいな入れ知恵はしないでいただきたいのですが」

白峰が番台からびしりと注意してくるが、

「人間の郷のもので、なんか欲しいもんでもあんのか?」

卯月に問われ、凛子は胸に手を当ててみた。

「ある、ような気がする。待って、ちょっと冷静になって考えてみるわ」

なにやら好みの雑貨屋に入って欲しい物が並んでいたときのように、わくわくしてきた。

今、欲しい物。なんだろう。

「杏仁霜が欲しいわ」

ちょうど、目の前に卯月が置いた薬箱の上の方にそれがあるのを見つけて、凛子は言った。

「おいコラ、それは今、ここで手に入る物じゃねーか」

「ごめん、見たら急に欲しくなったの。今夜はにごり湯にしようって閃《ひらめ》いた」

百爺は、お凛が人間の郷で入ってよかったと思う湯ならなんでもいいと言ってくれた。

「それでにごり湯ができんのか?」

卯月が目を丸くする。

「そうよ。天然の保湿成分でお肌がしっとりすべすべになるのよ。米ぬかやくず粉でもできるけど」

杏仁霜は杏仁豆腐に使われる中華食材だが、アーモンドエッセンスのような杏の種の香りがして凜子は好きだ。

「詳しいのな」

感心する卯月を尻目に、凜子は番台の白峰に問う。

「これは経費として認めてもらえるんですよね、白峰さん？」

手切れ金を貯めなければならないので、自分からは一銭も出したくない。

「まあ、ぎりぎり認めてさしあげましょう」

白峰がしぶしぶといった感じで認める。

「ほかに、ネットショップなんかで欲しいものないのかよ。金儲《かねもう》けさせろや」

卯月が、杏仁霜を瓶《びん》から小分けしながら言う。もはや押し売りレベルだ。

「うーん、じゃ、ラベンダーでも……」

凜子は半信半疑のまま、とりあえず百爺の薬部屋では見かけなかったラベンダーのドライハーブと精油とを注文しておいた。

「これは初取引サービスでくれてやるよ。三代目によろしく」

卯月がほい、と杏仁霜の入った袋を差し出してくれた。

「え？　ありがとう。本当に杏仁霜よね？　実はめろめろの薬入りとかじゃないわよね？」

凛子は念のため、確かめておく。

「あははっ、いいね、その慎重さ。妖なんざ、そうそう信用しちゃいけねえ」

卯月はひと笑いしてから、「今日は気まぐれ起こしてない」と耳元に囁《ささや》いてくる。

人懐っこさと魔性を隠し持つ変な九尾の狐だけれど、悪いやつではないのかもしれない。

そう思いなおしながら凛子は、薬箱を背負って「あばよ」と出て行く卯月を見送ったのだった。

5.

湯屋に戻ると、凛子はさっそく薬湯の支度《したく》にとりかかった。

坍がすでに炉《ろ》の火を熾《お》こして湯を沸かしていてくれたので、一階の湯槽《ゆぶね》に沸かし湯を張り、桜皮を煮出した煎汁《せんじゆう》を流し入れ、桜の木から採取した桜の花びらを男湯と女湯それぞれに浮かべた。ほのかに桜の香りがするような気がした。

四階〈月見の湯〉のほうは、薬屋で手に入れた杏仁霜と、山で刈り取ったローズマリーを晒《さら》し木綿《もめん》の袋に詰めて湯に加えたハーブのにごり湯だ。

アテにしていたわけではないのだが、この日、沙世《さよ》は姿を見せなかった。

「どうしちゃったのかな……」

そういえば、朝飯を食べているときも元気がなかったように見えた。疲れて休みをもらったのかもしれない。

暮れ六ツになって湯屋が開店すると、凛子ははじめて入れた薬湯がどうなのか、そわそわとして落ち着かなかった。

とくに四階の〈月見の湯〉のほうは、客層が一階の内湯や中庭の大湯とは少々異なり、裕福で地位のある浴客が来るというから緊張する。湯殿に何度も足を運んで温度や香りを確かめてしまう。

「あなた、何回、こっち来てんのよ」

と、〈月見の湯〉で、いつもは無視を決め込まれているふたりの湯女《ゆな》からも呆《あき》れられる始末。いっそ百爺みたいに湯水を飲んでしまおうかと思っていると、そうこうしているうちに、一番乗りのお客が入ってきた。

しまった、お客は男だ。おとなしく釜場《かまば》に引っ込んでいればよかったと後悔《こうかい》したが、湯女もいることだし、相手は男といってもあまり性別感のない妖だ。かろうじて手足のある人型ではあるが、肌の色は緑色で、全身にびっしりと目玉がついている。

「常連の百目様《ひゃくめ》よ。大金持ちなの」

湯女のひとりが耳打ちしてくれた。

なんでも百目は、百爺とおなじ絶対湯感の持ち主で、浸かった湯は数知れず、この温泉郷のみならず、大枚をはたいてありとあらゆる郷の温泉に足を運び、そのすべての風呂を身体《からだ》に記憶している温泉通《つう》なのだという。

いきなり大物が来たわ、と緊張が高まる。

「ようこそ、〈月見の湯〉へ。今夜はローズマリーのにごり湯でございます」

湯女たちが愛想よく百目のもとへと寄っていく。凛子もお客の反応を見たいし、さっさと出てゆくのもかえって失礼に思え、ほほえんで百目を迎えた。

「おまえは見慣れない顔なんだな。新顔かい？」

湯女に身体をかけ湯をしてもらっている百の目が、いっせいにぎろりとこちらを向いた。

「はい。本日の薬湯担当の凛子です」

心臓がますますどきどきと高鳴る。

「湯守か。見たところ人間のようなんだな」

隠しても見抜かれるだろうと思い、凛子は正直に答えた。

「はい、人間です」

「なぬっ、人間ごときに湯を沸かさせたのかい」

百目が驚きにすべての目を見開いた。百の目が一気に大きくなるのだからド迫力だ。

「ううむ。大丈夫なのかい？　そういやめずらしい濁《にご》り湯なんだな」

百目は疑わしい目をして湯槽《ゆぶね》を見やる。

湯女たちもなんとか笑顔で接客しているが、内心凛子への不信感を募《つの》らせている感じだ。

「いい湯ですよ。ぜひゆっくり浸かってください」

まずは入ってもらわねばはじまらない。

「どれどれ……」

風呂好きのお客なので、沸かしたのが人間であろうが、興味津々《しんしん》で湯槽の縁につかまる。

入浴の仕方はその人の性格が出る。百目はわりと大胆《だいたん》だった。はじめ、湯気のでる水面にちょんと足をつけ、これはいけるとわかると、次の瞬間、湯槽に飛び込むようにして入り、巨体を沈めた。

ざぱーん、と百目のかさの分の湯水が湯槽から溢《あふ》れて流れ出る。

湯水に浸かっている部分の目はきちんと閉じられているところがある意味可愛《かわい》い。

百目は湯水にたゆたいながら、ローズマリーの香りの漂う湯気をすうっと吸いこんだ。

そして深々と息を吐きだして湯感を味わった。

彼の中で、過去に入ったさまざまな湯が思い出されたのに違いない。そして、記憶の引き出しから似たような湯を見定めたようすでカッと目を見開いた。

「おお、このしみったれ臭《くさ》い濁り湯の感じは……」

凛子はいまひとつの評価にぎくりとした。が、

「東京スーパー銭湯の風呂だな！」

百目が嬉々として叫んだ。そんなところにまで入ったことあるんかい、とつっこみたくなったが、本人は至ってご機嫌のようすだ。

「銭湯でハーブの湯をやっているところは多いので、おなじようなお風呂があったのかもしれません」

凛子は浴場に膝をつき、百目の顔のそばで告げる。

「懐かしいな。あの湯は死んだ女房と最後に一緒に旅した人間の郷で、一番最後に入った思い出の湯なんだな。もう一度、この湯ざわりを味わえるとは思っていなかったんだな」

百目は湯に身をあずけたまま、しんみりと言う。人間の郷の温泉巡りに飽《あ》きて、最後に

出来心でおまけとして立ち寄った銭湯がこれと同じ香りの濁り湯だったのだという。

「天然の湯でないとわかっているんだが、あれはあれで好きなんだな。温泉巡りに飽きていた女房も、一番最後のあの人間が作った湯に一番喜んでいたんだな」

「わかります。いつも体にいいものをきちんと料理して食べていても、たまには出来合いのお惣菜《そうざい》とかが恋しくなりますもん、それに似ていますね」

それに、なんでもない日々の入浴はすぐに忘れてしまうけれど、特別な日のお風呂はいつまでも記憶に残っているものだ。


〈月見の湯〉はうまくいったようなので、内湯の傷んだ桜の花びらを取り替えたり、しばらく釜場で火のようすを見守ったりしたあと、凛子は本館二階の座敷に行ってみた。

開店から半刻を過ぎて、二階もすでに大小さまざまな妖たちが賑《にぎ》わっていた。

湯あがり独特の火照《ほて》りを残した顔で、みながめいめいに寛《くつろ》いでいる。

「お凛ちゃん、お菓子は大好評だべよ」

茶釜のところにいた鈴梅がやってきた。

「さっきほかの奉公人たちにもこっそり食べさせてやったけど、みんなおいしいって。食べた後にお凛ちゃんが作ったって明かしたらびっくりしてただよ」

鈴梅が小声で教えてくれた。よもぎ餅《もち》は乾くと固くなるので、みなにふるまう前に蒸しなおしてくれたという。

「ありがとう。気に入ってもらえてよかった」

甘さ控えめでも妖たちにもウケるらしい。

「お嬢ちゃん、人間じゃねえか」

一ツ目のおやじが凛子の正体に気づいた。

「昨日からうちで働いている新顔だ。お凛ちゃんていうの。このよもぎ餅を作った子だよ」

鈴梅が紹介すると、

「これはなに？　なにで餡《あん》こを包んでんの？」

横で寛いでいたのっぺらぼうの女が言う。手にはよもぎ餅を持っている。

「よもぎ入りの餅です。体にとてもいいのよ」

凛子がなにもないのっぺりとした顔にどきどきしながら答えると、

「知恵だけは一人前だからな、人間は」

卑《いや》しめるような声も出る。次いで、こんな声があがった。

「おまえさん、もしやここの三代目の嫁御寮なのかい？」

なに？　といっせいにこちらに注目が集まった。昨夜の婚礼、人間の娘とくれば、当然、気づく者もいるだろう。

「三代目の嫁だと？」

矢のように注がれる、値踏みするような目。湯屋の奉公人たちの前で、はじめて挨拶《あいさつ》した時と同じだ。とりわけ女たちの目の鋭いこと。

凛子は固唾《かたず》を呑《の》んだ。違います、と言いたいところだが、こちらは皆、湯屋の客だ。世間体《ていい》というものがある。正式に離縁《りえん》するまでは、お客の前では夫婦としてふるまうほうがいいのだろうか。

「本当なの？　どっかの郷に想い人がいるらしいという噂《うわさ》はあったのよ、まさかそれがあんたなの？」

かわら版を見ていない客もいるようだ。

「この子、人間の娘じゃないか」

妙齢の鬼たちに詰め寄られる。その横から顔を出した狐耳の女に、信じられないと言いたげな、蔑《さげす》むような目で睨《にら》まれる。

「ええと……」

凛子は好奇と嫉妬《しっと》と羨望《せんぼう》の視線に気圧《けお》され、何も言えない。妻なんです、とでも言って愛想よくあしらったところで、状況は変わらない気もするが、さっぱりそんな気のない自分の口から嘘は言いづらい。

こんなときに限って、京之介がいない。いつも、ここで接待をしていると聞いているのに。

なにやら窮地《きゅうち》に立たされたような心地で固まっていると、

「いい湯だったんだな～」

さきほど薬湯にいた百目が、額に手ぬぐいをのせて、のんきにつぶやきながら座敷に入ってきた。

ピンと張りつめた空気が、この妖の登場で一気に弛《ゆる》んだ。

ほかの常連客たちが、よう、百目殿と声をかける。

「いらっしゃい、百目様。これ、今日のお菓子だよ」

鈴梅が明るい声でよもぎ餅を勧めると、百目は深く考えず、ひょいとそれをつまんで口に放り込んだ。

口内で咀嚼《そしゃく》すると、湯あがりでとろんとしていた無数の目がかっと見開かれた。

「お、うまい。今夜は茶菓子もうまいんだな」

「お凛ちゃんが作ったお菓子だよ」

鈴梅が告げると、百目の右側の目が、ざっと凛子に向いた。

「お、今、この娘が沸かした湯に入ってきたんだな。人間の沸かす湯は繊細《せんさい》でいいんだな」

百目は袂《たもと》から何かを取り出し、凛子のほうに投げてきた。

「お凛殿にこれを」

胸元に飛んできたそれを、凛子はとっさに受け取った。白い紙に包まれた小判だ。

「皆にもこれを」

気前のいい百目はさらに、袂から摑《つか》んだ小銭を座敷中にパーッと撒《ま》いた。

「おおっ、百目殿の施しだ」

「拾え、拾えっ」

畳《たたみ》の上に散らばった小銭に、妖たちが興奮し、わっと遠慮《えんりょ》なく群がる。

鬼も河伯《かはく》も、みんな百目の袂から撒き散らされる小銭拾いに夢中になる。

「百目様は機嫌がよいとこうなるだよ。滅多にないんだけども。お凛ちゃんのおかげだべ」

鈴梅は耳打ちしてから、ちゃっかり小銭拾いに参加する。

百目の施しにあやかれた客は、みな、凜子の素性などどうでもよくなり、すっかりと上機嫌だ。銭撒きが終わると、そのまま百目を囲んで与太話《よたばなし》をしだす。

懐《ふところ》が潤って気をよくしたのか、さっきまでよそよそしい目でこちらを見ていた客が、帰り際に一言、凜子に感謝していったり、湯やお菓子を褒めておひねりをくれたりするようにもなった。

座敷の賑わいを聞きつけて、新しい浴客がどんどん二階につめかけてくる。

座敷内の雰囲気《ふんいき》は陽気なままで、菓子を珍しがる客、人間である凜子を興味津々《しんしん》に眺める客、素直に「いい湯だった」と言ってくれる客、いろいろいて、凜子はひさびさに心地よい充実感を味わった。

ここへ来てからずっと卑《いや》しめられっぱなしで肩身が狭かったけれど、褒められれば素直に嬉しい。なにより、みんなの満足げな笑みがいい。いいお湯に浸かったあとの心地よいくつろぎの表情。もっといろんな薬湯を沸かして、みなに入ってもらいたいと思う。

アルバイトが充実していたころも、お金稼《かせ》ぎとは別に、「みなにハーブのよさをわかってもらえたら」という心からの気持ちがあった。あの感覚に似ている。

せっかくの知識を無駄にすることはないと、沙世も言ってくれた。もう一度、ここで知識を役に立てて生きていこうかな。胸の底が熱くて、わくわくして、そんな前向きな気持ちにすらなってくる。

　交代制の休憩時間が来たので、凛子はいったん宿舎の私室に戻った。

　百目から貰《もら》ったおひねりをひらいてみると、中身は一両小判だった。通常のおひねりの相場が十二文らしいので、破格の報酬《ほうしゅう》だ。

5.

　休憩時間が終わるころ。

　凛子が本館に戻ると、ちょうど京之介が番台の白峰と話していた。

「お疲れさん」

　彼は、凛子の姿に気づくとこちらにやってきた。

「京之介さん、今までどこにいたの？」

「三階の宴会につきあっていたんだよ。今から、中庭にある足湯の点検にいくところだ。凛子もおいで」

　京之介は、中庭に続く裏の出入口のほうに凛子を促す。

「足湯するところ、たしかにあったわね。営業中に点検なの？」

「不具合が見つかったので、ここ数日は客を止めて修繕《しゅうぜん》していたんだよ。湯の入れ替えが完了して半日経ったから、そろそろ花が咲くころだ」

「花？」

足湯は、中庭に面して建つ茶室の広縁《ひろえん》に沿って設けられている。

浴客が浸かっている大湯の脇の石畳《いしだたみ》を歩いていくと、石造りの横長の湯槽《ゆぶね》の湯面が青白いやわらかな光を放っているのが見えた。

近くに行って湯槽を覗《のぞ》いた凜子は、その美しく神秘的な眺めに目を奪われた。

「お湯の中に花が咲いてる……」

湯水の中で、七色に光る花がゆらゆらと揺れて咲いているのだ。

「夜光花の一種だよ。湯の成分を吸収して育つ花なんだ。湯垢《ゆあか》も浄化してくれるので湯を入れ替える必要がほとんどない」

「へえ。見た目もきれいだし、一石二鳥ね」

こんな高温の水中で育つ植物があるなんて、やはりここは異界だなと思う。

「明日からはお客にも開放できそうだな」

京之介はひと通り目視してから言った。それから、

「一緒に入ってみるか？」

こちらを向いて、誘ってくる。

凛子はびくりとして、思わず身構えた。

「……まさか、私の両脚を高温に浸して茹《ゆ》でて喰らおうって魂胆《こんたん》じゃないでしょうね？」

「まさか。うちの足湯はそんな高温泉ではないよ」

京之介は笑った。

「じゃ、入ろうかな」

風呂好きとしては足湯も外せない。温泉郷というと、足湯や飲泉場をいくつも見かける。足湯には入りたいと思っていたところだ。

凛子は縁に腰かけて、下駄《げた》を脱いだ足をそっと湯の中に入れてみた。京之介も隣に腰を下ろし、足を浸けた。

湯の底は、ところどころに夜光花の根が張ってふかふかしている。そこから緑の細い茎《くき》が伸びて、七色の光を放つ花をつけているのだった。

「さわってみたい」

手を差し入れて花びらにふれてみると、意外にもバラほどの厚みがあった。

「摘《つ》んで湯から上げたら発光はしないよ。湯の中でしか生きられない植物なんだ」

「眺めるだけなのね」

透けているように見える花びらが、ゆるやかに湯水をたゆたう。足の指の隙間《すきま》に茎や根っこがふれてくすぐったい。

「ああ、疲れが癒《いや》されるわ〜」

凛子は目を閉じて、大湯から流れ落ちる湯の音に耳を澄ませながらしみじみと言う。

「なにか良いことがあったようだな」

京之介がくつろいだ表情でこちらを見ながら問う。

凛子はまたしても見抜かれた気がして、どきりとした。

「わかるの？　……京之介さんって、本当に鼻が利《き》くよね。その気になれば、妖気を遣って喜びや悲しみ、妬《ねた》み、嫉《そね》み、ぜんぶ匂《にお》いで見抜くんだって鈴梅が……」

「いや、顔に出ているんだよ」

「え、そう？」

凛子は思わず両手で頬《ほお》などを手で確かめてしまう。

「実はお客様からたくさんおひねりを貰ったの。常連の百目さんからもいただいたのよ」

「ああ、先ほど少し挨拶《あいさつ》をしてきた。目新しいにごり湯で気に入ったと褒めてくれたよ。あの妖は顔が広いから、よい宣伝になるだろう。よくやったな、凛子」

「おひねりの金額がなんと一両だったのよ。これで手切れ金が少し貯まったわ」

凛子は、ほら、と懐からおひねりの小判を取り出して見せた。これで一歩、離縁《りえん》に近づいたというわけだ。

「それはよかった」

京之介は賛同して笑ってくれた。

ん？　と凛子は首を捻《ひね》った。京之介は離縁には賛成ということだろうか。お金さえ払ってくれればさっさと縁を切ると？　それならはじめから離縁を承諾《しょうだく》してくれればいいのに。

もしくは手切れ金目当てとかかもしれない。でも、こんなに客入りの良い湯屋を構えている京之介がお金に困っているようには見えないのだが。

とにかく引き止める気配はさっぱりないので、去る者追わずのタイプなのかしら、などと妙な心地になっていると、

「沙世だ」

京之介が、大湯の向こうを見ながら言った。見ると、たしかに沙世がいた。本館から、宿舎に向かうところのようだ。

「沙世さん……、昼間から元気がなさそうだったけど大丈夫かな」

凛子も小柴垣《こしばがき》に消える彼女の姿を目で追いながらつぶやく。

「元気がない？」

「ええ、なんとなく……」

凜子はふと、沙世について気になっていることを、京之介に確かめてみようと思った。

「このまえ脱衣場で、私が落とした帯飾りを拾ってくれたの。京之介さんがくれた、あの鈴の帯飾りよ。そのとき、鈴の音が鳴らなかったんだよね……」

京之介はなにも言わないし、表情も変えない。それが、沙世の死を肯定しているようで、凜子は少し身を固くした。

「もしかして沙世さん、死人《しびと》……とか？」

強い未練や怨念《おんねん》を抱えている一部の死者は、死にきれず、この郷に迷い込んでくることがあるのだという。

数拍の間があってから、京之介は「そうだ」と静かに頷《うなず》いた。

「彼女のハンカチを見たことはないか？」

凜子ははっと京之介を見た。

「あるよ。きれいな花の手刺繍《てししゅう》がされたやつ」

この湯屋の前で倒れていたときに手に握っていたと言っていた。

「あれは、おそらく副葬品として持たされたものだ」

「副葬品て、棺桶《かんおけ》の中に入れるやつのことよね。燃えてしまったはずなのに、なぜここにあるの？」

「副葬品は、黄泉《よみ》に渡るときにちゃんと本人が持っていけるようになっているんだよ」

「そうなの？」

燃えてなくなってしまうのではないのだ。

「……沙世さん、もしかしてご自分が亡くなっていること、知らないのでは？」

本人が隠しているのでないのなら、知らないとしか思えない。どうしてハンカチを持っていたのかわからないと言っていたし。

「ああ。薄々気づいてはいたようだが、おととい、鈴が鳴らなかったのがきっかけで確信したらしい。きのう俺に事実を確かめに来たから、死者は四十九日を過ぎたら黄泉に渡ることになると話したところだよ。沙世の場合はあと半月だとね」

凛子ははっとした。

「だから沙世さん、元気がなかったんだ」

自分はすでに死んでいる身だったから。もう二度と人間界には帰れないから。

「いずれわかることだから、あえて告げてはいなかった。湯屋の皆にもわざわざふれるなと言ってある」

「そうだったの……」

「彼女にはなにかしらの未練があるはずだから、うちの風呂に浸かることでそちらを解いて、気持ちよく黄泉の国へ渡ってもらいたい」

それを手伝うのも我々の仕事だ、と京之介は言う。

未練といえば、娘の存在だろうか。

「沙世さん……」

生きてここに迷い込んだのだと思い込んでいた彼女にとって、自分が死者で、あと半月しかいられないという事実はひどい衝撃だったのに違いない。あんなにも心配していた桃《もも》香《か》ちゃんのことを、もう母親として支えてあげることはできないのだから――。

凛子自身も、嫌な疑いが事実になってしまって胸が塞《ふさ》がれる思いだった。沙世はいずれここからいなくなってしまう。せっかく、おなじ人間同士で心強い仲間だったのに。

一緒に人間の郷に帰って、どこかの温泉に入る約束だってしたというのに。

「元気づけてあげたいけれど、まだ今はそっとしておいたほうがいいよね」

生きている自分が何を言っても、彼女には受け入れがたいだろう。

それなら、きっとなにも言わない方がいい。沙世には気の毒だが、本人の口から何か語られるまで黙って見守るべきだろう。

凛子はひそかに溜息をついた。

沙世はまもなくいなくなる。

ここに留まるにせよ、人間の郷に帰るにせよ、沙世とはもっと一緒にいたかった。温泉だっていっぱい一緒に入りたかったのに。

沙世がいなくなれば、ここで人間なのは自分ひとりだけになってしまう。

ふいに、幼いころに母を失ったときの感覚がよみがえった。長い月日を経て、少しずつ薄れて、忘れかけていたあの寂しさや孤独感が、どういうわけかどっと胸に押し寄せて、凛子はひさびさに少し息苦しくなった。

「大丈夫か？」

黙り込んだままでいると、京之介が軽く顔を覗いてきた。こういう感情も、かぎ取られてしまうのだろうか。できれば知られたくない。

「大丈夫よ」

凛子は、中庭の大湯に目を移す。人間である彼女と、数日間だけでも共に過ごせたのだから、よかったと思わなくてはいけない。

「沙世の代わりの人間をひとり、郷から攫《さら》ってこようか？」

「いきなり真顔で物騒なことを言うわね。だめよ、そんなの犯罪じゃないの」

「冗談だよ。だが、愛《いと》しい妻が寂しがっているのに、放っておくわけにはいかない」

「だれが愛しい妻なの。私は嫁になった覚えはないし、京之介さんだって心が通っていないことを自覚しているくせに」

まったくの他人同士、おまけに人と妖という異種族同士だ。これで夫婦だなんて、なんだか不毛すぎて虚《むな》しくなってくる。さっきは三代目の嫁御寮だとかなんとか言われて居心地も悪かった。すると、

「これを食べてごらん」

京之介が袂《たもと》から、さくら色の薄い紙に包まれたものを取り出した。見覚えのあるお菓子だ。番台の三宝《さんぼう》の上に盛られていた、あの目玉の落雁《らくがん》。鈴梅が、龍の鱗《うろこ》を煎《せん》じたエキスが入っているとか言っていたような。

これは食べたくない……、と思いながら凛子が固まっていると、

「イヤか？」

しゅんと肩を落として寂しそうに言う。

「そんな捨てられた犬みたいな顔されても……」

あ、この人、犬だった。と思いながら、でも、京之介が落ち込むのがなんだかかわいそうで、しぶしぶ口に入れてみると、

「えっ」

これが驚きのおいしさだ。甘くて、口の中ですうっと淡雪のように溶ける。

包み込まれるような繊細《せんさい》なおいしさに、凜子は沈みかけた気持ちをつかのま忘れた。

「おいしい……、食べてよかった」

顔が思わずほころんでしまう。

「そうだろう。寂しいときやつらいときは、甘いものを食べればやわらぐ」

京之介もほほえんで言う。

そのまなざしがいつになく優しげで、でもどこか寂しそうにも見えて、妙に頭の隅に焼きついた。もしかしたらそういう経験が、京之介さんにもたくさんあったのかな。凜子は落雁を味わいながら、ふとそんなことを思う。

「ありがとう」

結局、寂しいという感情は嗅《か》ぎ取られてしまったようだが、礼を言うと胸があたたかくなって、京之介のことを近く感じた。

思えば、ゆっくりと話をするのはこれがはじめてだ。

「そういえば、オサキが出てこないわ」

凜子は思い出したように言った。

「オサキ?」

「あなたが潰しちゃった狐の小さい子。夜になったらまたあらわれるといってたのに、ちっとも出てこないじゃない」

「凛子は彼らが好きだな」

「好きよ」

凛子は水中花の花びらを足の爪先《つまさき》でつつきながら続けた。

「あの子たちね、筆箱とかポーチの中に潜んでいたりするの、カタコトしか話せないんだけど、いつも相手になってくれて。本当の気持ちは妖としか話せなくて、私って寂しい子なのかなって思ったりもしたけど、お母さんが言った通り、妖が見えるのは悪いことばかりではないんだって思ってたわ」

「母上がそんなことを?」

京之介は聞きとがめる。

「ええ。お母さんは、妖の存在を信じてくれてたのよ。私が見えるようになってしまったのには、何か意味があるのだと」

母が亡くなったあとは、オサキのように身近な妖に慰められることも多くなって、確かに意味があったのかもしれないと素直に思えるようになった。

「でも、だからって、こんな妖だらけの温泉郷に攫われて、恩返しとかいって嫁にされるのは納得がいかないんだけど。お母さんもきっとびっくりよ」

凛子は少々恨みがましく京之介を見やる。

「もう遅いな。成婚の杯を酌《く》み交わした以上、ただで離縁《りえん》するわけにはいかない」

京之介は、これの一点張りだ。

「いいよ。頑張って手切れ金を貯めるから。この調子ならきっとそう遠くはないはずだもん」

凛子は手にしていたおひねりの小判を見据え、宣言する。

「好きにするといいよ」

京之介も余裕の笑みを浮かべている。離縁を望んでいるというよりは、はなから凛子の言葉を相手にしていないように見える。

それから、なにかしみじみと中庭を眺めながら彼が言った。

「母上は偉大だな。亡くなっても、いつまでも胸のどこかで言葉や笑顔が生きている」

凛子は目を丸くした。

「もしかして、京之介さんにもお母さんがいたの？」

自分の母親をかさねての発言だったように聞こえた。

「いたよ。脆《もろ》くて儚《はかな》いが、優しい女《ひと》だった」

母を思いだしたらしい彼のまなざしが、ふとやわらいだ。

「妖にも親というものが存在するのね」

あまり考えたことはなかったが、この世に生きて存在しているということは、あるとき、何者からか産まれたということだ。

「皆にいるわけではない。生殖《せいしょく》機能を持たない妖は子孫を残せないから一代限りだよ。木の割れ目から生まれるやつもいるし、人の怨念《おんねん》や、長い間使い込まれた器物から生まれるやつなんかもいる。鬼や天狗《てんぐ》は数も多くて増えやすい種族だな」

実際、この湯屋にも鬼族に属している妖は多い。

「狗神《いぬがみ》もそうね？　京之介さん、兄弟とかは？」

凛子が問うと、京之介は大湯のほうに視線を移してしまった。

「母違いの弟がいる」

「そうなの？　でもこの湯屋には――」

「いないよ」

答える声はひどく淡々としている。

「弟はひとりだけ？　犬は多胎《たたい》だから、いっぱいいいそう」

「ひとりだよ。俺の母上は狗神ではなかった」

「えっ」

母が狗神ではない――。

「つまり、京之介さんは生粋《きっすい》の狗神ではないということ？」

驚く凛子を見て、京之介はふっと笑い、「さてね」とはぐらかした。

「上がろう。休憩時間を過ぎているから、そろそろ白峰がおかんむりだ」

それ以上、語る気はないようで、彼は立ち上がって足湯から出てしまう。

ゆるやかな夜風が、彼の色素の薄い髪をたなびかせる。

たったいま話をして、少しだけ彼を近く感じたはずなのに。

凛子はまた、京之介のことがわからなくなり、その場に置き去りにされたような奇妙な心地になった。

第四章　事件勃発

1.

三日が過ぎた。

湯屋の支度《したく》がはじまる昼八ツ（午後三時）より少し前。

厨内《くりや》には、よもぎの香りがほのかに漂っていた。

凛子《りんこ》が鈴梅《すずうめ》と、またよもぎ餅《もち》を作ったからだ。

紋日《もんび》に好評だったので、ふつうの日にも出してみることになった。〈高天原《たかまがはら》〉の茶菓子が体によくておいしいということが定着すれば、それ目当てでふらりと湯に入りにくる客も出てくるだろうと京之介《きょうのすけ》にいわれた。

あの夜以来、宿舎の座敷でまかないを食べていると、声をかけてきたり、笑って挨拶《あいさつ》を返してくれる奉公人もちらほらといて、凛子は薬草を利用してここで働くことに、少し愛着のようなものを覚えはじめていた。

よもぎ餅を作っているあいだ、京之介が隣で凛子を眺めつつ、板長と白峰《しらみね》の三人で話していた。今夜の宴会料理の打ち合わせだそうだ。

洗い物を片付けた後、京之介たちのために金銀花のお茶を淹《い》れていると、よもぎ餅が蒸しあがったことを告げに来てくれた。

凛子はさっそく外の地獄釜《じごくかま》まで出来栄えを見に行き、おいしそうに蒸しあがったそれらを平笊《ひらざる》に移し替えてすべて厨に持ち返ってきた。

「いい匂《にお》い～、今日もおいしそうだべ～」

鈴梅が熱々の蒸したてを見て目を輝かせる。

「うまそうだな、オレにもひとつ食わせろや」

横からぬっと手を出してきたのは、そこにはいなかったはずの妖《あやかし》だ。

飾り気の多い水干《すいかん》姿に大きな薬箱を背負い、ふわふわの白い尾を揺らしている。この華やかな九尾の狐は――。

「おまえ、薬屋、いつの間にここへ……？」

白峰が隻眼《せきがん》を見開く。

「行商の最中だよ。三代目嫁の働きっぷりを見てみたくて、ちょっくら立ち寄ってみたのよ」

卯月《うづき》はよもぎ餅を食べながら平然と言う。

「厨房《ちゆうぼう》まで入り込んでくるとはどうなの」

まったく勝手知ったるようすで菓子までつまんで、遠慮《えんりよ》のかけらもない。

「これはお凛ちゃんのお手製だよ、おいしくて頬《ほ》っぺたが落ちるだよぉ」

鈴梅が言うと、卯月が「塩気が効《き》いてうまい」と唸《うな》った。

「俺がまだ味を見ていないというのに、おまえが先に食うとはな、卯月」

京之介が遅れて不満げによもぎ餅をつかむ。

「毒見してやってんだろーが」

「毒は入れてません」

「見ろ、かわら版が出たから持ってきてやったんだ」

卯月は水干の腹から二つ折りの紙を取り出して作業台に広げた。凛子がここへ来たときにも発行されたやつだ。

「湯屋〈喜楽《きらく》〉が新しい温泉の開発に成功したそうだ。その名も〈官能の湯〉」

「官能の湯?」

凛子は眉《まゆ》を顰《ひそ》める。

「文字通り官能に効く泉質で、ひとたび浸かれば、身体《からだ》の敏感なところにえもいわれぬ快感が得られ、天にも昇る夢見心地になれるという珍湯だそうだ」

「へえ、そりゃすごい。一緒に入りに行こうか、凛子」

京之介はさらりと誘ってくる。

「けっこうです」

「〈喜楽〉といえば、温泉番付で三年連続で西の横綱《よこづな》に輝く人気の湯屋ですね」

白峰がかわら版を手にし、紙面に目を走らせながら言う。

「温泉番付？」

「かわら版にて半年ごとに発表される温泉の格付けですよ。泉質の効能の高さ、湯屋の施設やおもてなしの質などを元にランク付けされています」

番付の東西は、相撲《すもう》とは違って単に温泉郷内の位置によってふりわけられているだけだという。そこは人間界にある温泉番付と同じだ。

「〈高天原〉は、いつもどのくらいの位置にいるの？」

「当然、東の横綱です。上位は東西ともに、やはり老舗《しにせ》のベテラン勢が占《し》めることが多いですね。新しく開発された湯が登場すると、そこに人気が集まることもありますが。お客様の意見が大きく反映されますから、泉質だけでなく、接客態度や清掃点検の完璧《かんぺき》さが肝《きも》になってくるわけです。まあ、〈喜楽〉は、最近はこのようにいささか派手なやり方で客を寄せているきらいがありますが」

「裏で色を売る湯女《ゆな》もいるって話だぜ」

卯月が言うので凛子は目をむいた。そんなことをさせて点を稼《かせ》いでいるとは。

「〈高天原〉の湯女たちは大丈夫……？」

「うちは色事は一切ご法度《はっと》だ。そういうのをご所望《しょもう》なら花街《はなまち》に行ってもらう。揉《も》め事も起きやすいしな」

京之介がきっぱりと言ったので、凛子はほっとした。なんとなく、いかがわしい裏稼《うらか》業《ぎょう》のある湯屋ではあってほしくない。

「それにしても〈官能の湯〉とか、この温泉郷はなんでもありね」

異界の地だから、そんな不可思議な霊泉が湧くのだろうか。

「谷の温泉区に行けば、〈怒りの湯〉とかもあるだよ」

「なにそれ、入ると腹が立つの？」

「谷の温泉区は危険だぜ。闇の湯屋がわんさとある」

卯月が言う。

「闇の湯屋……」

百爺《もんじい》が言っていた。非合法の温泉を抱えているもぐりの湯屋のことだ。

「闇の湯屋といえば、今夜は闇夜ですな」

板長が思い出したように言った。

「闇夜だとなにかあるの？」

凛子が問うと、白峰が答えた。

「闇夜は客の入りが悪くなったり、いらぬ揉め事が起きたりします。血の気の多い妖が暴れがちになるのでね」

「そうなの？　満月のほうが、血が騒ぐイメージなのだけど」

「そういう妖もいます。節目はなにかと起きやすいものなのです」

「実は朝からよくない匂いがしているんだよな……」

京之介がよもぎ餅をおかわりしつつ、ひとりごとのようにつぶやく。狗神の嗅覚《きゅうかく》をきかせての発言だろうか。人間の凛子は鈍感なので何も感じない。

「ところでよもぎ餅の味はどうなの、京之介さん」

さっきからおかわりをしているわりに感想がない。

「おいしいよ。草の風味をひきたてる甘味控えめの餡《あん》で、餅との調和がたまらない。主食でいきたいから毎晩作ってくれ」

「ありがとう。でも主食にするのはさすがに身体に良くないと思うの」

「ほう、離縁したいような夫の体も心配してくれるのか、君は」

京之介はちらと上目でこちらを見やり、意地悪を言う。

「べつに……単に一般論として言っただけで……」

凛子は、してやられた気分で口ごもった。

「お凛殿。そろそろ片づけに入ったほうがよろしいのでは？　今夜は白虎《びゃっこ》殿から湯守の指名を受けたのでしょう？」

白峰が急《せ》かすと、卯月が目をみひらく。

「白虎といったらお奉行じゃねーか、すげえやつから指名入ったな」

「お奉行？　……ここに奉行所とかあったんだ」

凛子は煎《せん》じあがった金銀花茶を、大鍋《おおなべ》からやかんに移し替えながら言う。

「郷奉行所は温泉郷の秩序を守る大切な組織だべ」

鈴梅が湯のみを並べながら言った。お江戸の町奉行所みたいなもので、温泉郷内の警察や裁判所の役割を持った機関だという。

「お奉行が務まるのは、渡河《とか》を許された最高位の妖のみだべよ」

「渡河を許された？」

「三途《さんず》の河を渡って黄泉の国に行ける妖がいるのです。いわゆる黄泉の国の遣いですね」

白峰が、凜子の淹れた金銀花茶を京之介のほうに回しながら言う。

三途の河を渡って、また戻ってこられる妖がいるとは知らなかった。

白虎は人間の郷でも西方を司《つかさど》る霊獣として知られているが。今夜、自分の淹れた薬湯に入りに来るのがそんな大物だなんて緊張してしまう。

「そういや、そいつの息子が与力《よりき》の一人なんだが、闇の湯屋にガサ入れに出向いたまま行方《ゆくえ》不明って記事がこのまえのかわら版に載ってたぜ」

卯月が思い出したように言った。与力とは、郷奉行の補佐役だという。

「お奉行、呑気《のんき》に風呂に入ってる場合なのけ？」

鈴梅が言うと、白峰が淡々と答える。

「愚息《ぐそく》だと見捨てているのでしょう。お奉行はたいそう気難しいお方だと聞いています」

「そうなの……？」

凜子はますます不安になってきた。

「頑張るんだよ、凜子。俺は、今夜は出掛けるのでゆっくり見届けられないが」

京之介がお茶を飲みながらのんびりと言う。

「ええ。そろそろ準備にとりかかったほうがよさそうだわ。白虎様は甘い香りがお好きらしいから、今夜はカミツレの湯にするつもりなの」

カミツレとはカモミールのことだ。釜場《かまば》の薬棚にあるのを見かけた。

「おっ、カミツレならたくさん持ってるぜ。買っていけや」

卯月が売る気満々で背負っていた薬箱を下ろす。

「もう、毎度押し売りしないでよ。間に合ってるから大丈夫よ」

といいつつも、乾燥した生薬やら木の実やらがぎっしりと詰まった薬箱を見るとわくわくしてしまい、それを京之介に見抜かれて、バラ科のハマナスの蕾《つぼみ》を乾燥させたきれいな玫瑰花《まいかいか》や、お菓子に使えそうな松の実などを彼に買ってもらえることになった。


闇夜で不吉なことが起こりやすかったせいかどうかはわからない。

しかし結論から言うと、この夜の白虎のもてなしは失敗に終わった。

湯屋が開いて一刻ほどが過ぎたころ、釜場にいる百爺のもとに、湯あがりに肌荒れがする、目が痛いとクレームをつける浴客がいると知らせが入った。

その相手というのが、凛子のたてた薬湯に入った白虎だったのだ。

青ざめる凛子を釜場において、ひとまず百爺が謝りに番台へ出向いていった。

保温効果を高めるために粗塩《あらじお》を入れたのがいけなかったのだろうか。だが、それほどに多く入れたわけではない。しかし相手は人間ではなく妖だ。こちらの常識は通用しない。

凛子はあわてて過去の業務日報となる『薬湯　覚書《おぼえがき》』を捲《めく》った。

白虎は過去にもこの湯屋を訪れていて、別の日にも粗塩だけの湯に入ったことがあると百爺は言っていた。きちんと百爺の確認をとったのだ。

見ると、たしかに三か月前と半年前にこの湯屋に来ていて、半年前には天然粗塩のみの湯に入った記録が残っている。

では、なぜ肌荒れなど起こしたのだろう。もちろん体質が変わることはあるけれど。なにか、ほかに悪いものが偶然、湯に混じったのだろうか。それとも、誰かが何かを入れたとか——？

実際に湯を見てこようと思ったところで、鈴梅が血相を変えて釜場に飛び込んできた。

「お凛ちゃん、お凛ちゃん、急いで番台に来るだよ」

白虎が、湯守頭《ゆもりがしら》である百爺が謝罪しただけでは腹の虫がおさまらないようで、湯を支《し》度《たく》した者を呼べと激怒しているという。

「わかったわ」

凛子は業務日報を閉じ、あわてて釜場を出た。

「みんな集まって、白虎様の怒りを鎮《しず》めてるだ」

番台に向かう途中、鈴梅があわあわしながら言う。

「わ……」

鈴梅に連れられて番台前の広間へ出て行った凛子は、びくりと身を竦《すく》ませた。

いつもは浴客でにぎわっている広間だが、今夜は野次馬根性で集まった浴客のほかにも、湯女や三助《さんすけ》、仲居、その他、下働きの奉公人たちが総出でずらりと顔を並べている。

クレーム客が大物となれば、店の威信も左右するので、皆、他人事《ひとごと》ではいられないのだろう。

番台の前で、獣姿で息巻いているのが白虎だった。

妖気の漲《みなぎ》る力強い肢体《したい》。白銀の厳《いか》めしい鬣《たてがみ》、銀色の眼。周りに青白い炎みたいなのが見えて、その迫力は怒れる雄《おす》ライオンどころではない。

すでにひと暴れしたようで、天井の八角灯が割れ、金塗りに花が描かれた美しい格天《ごうてん》井《じょう》が一部、破損している。蹴《け》りでも入れたのか、番台の角も凹《へこ》んでいる。

これは、たしかにかなり怒っている。

白峰がなだめの説得にかかり、数人の湯女たちが、白虎の荒れた肌を冷ますためか、うちわでゆっくりと彼を扇《あお》いでいる。用心棒の妖ふたりも有事に備え、そばで構えているといった態《てい》。

「おぬしがあの湯を沸かした湯守か」

白虎が、怒り心頭のまま、こちらをぎろりと睨《ね》めつけてきた。

「なんとも貧相な、人間の小娘ではないか」

肌をピリピリと刺すようなすさまじい怒気に、凛子はごくりと固唾《かたず》を呑んだ。

白峰が「さっさと土下座《どげざ》しなさい」と小声で命じてきた。

「申し訳ありませんでしたっ」

なにが悪かったのかわからないが、凛子はひとまず膝をついて頭を下げた。凛子の支度した湯で、白虎が肌を傷めたのに変わりはない。

そこへ、騒ぎを聞きつけたらしい京之介も降りてきた。

「騒々しいな。何事だ」

階下の惨状《さんじょう》をひと通り見渡してから、彼が問う。

「三代目か。ぬしのところはいつからこのように障《さわ》りをもたらす三流の湯屋になったのだ。貸し切り湯に浸かったら肌がひりひりするわ」

京之介を振り返った白虎は、恨みがましく訴える。

「白虎殿、それは失礼いたしました。このとおり、お詫《わ》び申し上げる」

京之介はいつもの泰然自若《たいぜんじじゃく》たる態度で、しかしきちんと詫びる。

「百目《ひゃくめ》のやつが、良い湯を入れる湯守の娘がいるというので、久々に来てやったというのに、期待して入ってみたらばこのざまよ」

白虎はひりつくらしい腕を彼のほうに上げて見せ、

「よもや湯守が人間とは思わなんだわ」

低く唸《うな》るような声で凄《すご》む。人間であったことが癪《しゃく》に障ったようだ。

しかし白虎の怒りにふれても、京之介は動じない。

「この者はまだ、うちに来て間もない見習いです。どうかご容赦《ようしゃ》を。肌の荒れには薬をさしあげよう。白峰、〈龍の背油《せあぶら》〉を」

彼が命じると、白峰は「はい」と頷《うなず》き、ただちに番台の裏からそれを支度する。

「ふむ。〈龍の背油〉か。値の張る万能薬だな。どこでこれを手に入れた?」

興味が薬に移ったらしく、白虎の面《おもて》にあった怒りがいくらか和《やわ》らぐ。

白峰が冷静に答えた。

「こちらは懇意《こんい》にしている薬屋から融通《ゆうずう》してもらっております。浴客の中には、稀《まれ》に白虎殿のように肌を傷める方もおりますし、浴場での乱闘騒ぎもままあるので、負傷者のために常備してあるのでございます」

「医者を雇うより確実か」

「左様《さよう》でございます。どうかそちらで荒れを治療なさってください。残りは質入れでもしてくだされば、お怒りを鎮めるのに十分な金子《きんす》に変わりましょう」

「不快な思いをさせてまことに申し訳ない」

京之介が重ねて詫びながら白虎にそれを差し出すと、白虎はそれを口で受けとり、舌の裏に隠した。そして、ようやくそこで気が済んだらしく、

「うむ、では、〈龍の背油〉に免じて、ここは引き上げてやるとしようか。しかし、この恨みは忘れんぞ」

凛子に向かって凄んだあと、長い尾を揺らしてくるりと踵《きびす》を返す。

凛子はおののきに委縮したまま、しかし喰われずにすんだことにはほっとして、その場にへたり込んだ。背中には、どっと嫌な汗をかいていた。

白虎がほの青い煙を漂わせた獣姿のまま、湯屋を出て行ってしまうと、ほかの野次馬たちは一件落着とばかりに、めいめいに湯殿のほうへ散っていく。

しかし、まだここで終わりではなかった。

その場で事態を見守っていた奉公人たちの視線が、凛子に向かって矢のように刺さる。

「いかがなさいます、旦那様《だんなさま》。白虎殿ほどの相手を敵に回すことになっては、相当の痛手です。不名誉な噂《うわさ》も一気に広まりますよ」

白峰が険しい顔のまま、京之介に問う。

「ああ。これでは百目の面目も丸つぶれだな」

京之介もやや苦い表情でつぶやく。

凛子ははっとした。たしかに、ここを勧めた彼の顔に泥を塗ったことになる。上客だけでなく、大切な常連の客を失うことにもなってしまうのだ。

「まって、肌が荒れるなんて、なにかの間違いよ。原因を追究したいわ」

凛子が言うと、京之介がこちらを見た。感情を伏せているので、なにを思ってこちらを見ているのかわからない。

すると、百爺が口をはさんだ。

「原因はわからんが、お凛には悪意はなかったじゃろうて。お凛のおかげで、紋日《もんび》の日以来、客足も伸びておるではないか」

「お客が増えたって、白虎様ほどの上客を敵に回したら〈高天原〉の格下げは免れませぬ」

百爺のそばにいた湯女のひとりが言った。黙っていられなくなったらしい。

「そうですよ、百爺はいちいち甘いのよ。そもそも百爺がこの娘に目をかけたせいで、こんな厄介《やっかい》なことになったんじゃないですか」

別の湯女もここぞとばかりに非難する。いつも薬湯のところにいる湯女たちだ。

「百爺は悪くないわ。私が勝手に粗塩《あらじお》を使ったからいけなかったんです」

凛子は立ち上がり、着物の裾《すそ》を調えながら言う。自分に非がある可能性も否定はできない。だとすると、責任は負わねばならない。

「でも、わざとではないわ。大切なお客様に、気持ちよく温泉に入ってもらいたいって心から思ってお湯を沸かしたの。それだけは信じてください」

凛子はじっと京之介の目を見て訴えかける。自分を指名してくれた相手にわざわざ不快な思いなどさせて何の得があるというのか。

しかし別の奉公人が横槍を入れた。顔に馴染《なじ》みのない一本角の男の鬼だ。

「恐れながら申しますが、この娘を信用するのは危険です。実はさきほど、この者の正体が、同業者の潜ませた間者《かんじゃ》だったのではないかという声を耳に入れまして……」

「間者だと？」

京之介がわずかに眉《まゆ》をひそめる。

「はい、悪評を広めて我が湯屋の格を下げるのが目的で、敵情視察も兼ねて潜ませてあるというのです。お凛殿の場合、人間の郷にいるあいだに、すでに仕込まれていたことになりますけれども」

鬼は、目を伏せて淡々と告げる。

「そんなわけないでしょうが！」

「と、本人は吠えておりますが、間者がみずから、己は間者であると認めることはまずありませんので。人間の小娘など、信用しかけた我々が愚かだったのかもしれませんぞ」

「そんな……」

凛子はだれがそんな根も葉もないことを言い出したのかと、周りの奉公人たちを見回す。

皆、一様によそよそしく、ひややかな目をしてこちらを見下ろしている。

このところ、皆の自分を見る目も和《やわ》らいで、よく顔を合わせる湯女たちなどには親しみすら抱きはじめていたというのに、凛子の勝手な思い込みに過ぎなかったのだろうか。

今や初対面のときの隔《へだ》たりがすっかりと戻ってしまっている。

皆が京之介の出方を待っていると、

「出掛けてくる」

彼は羽織《はおり》を整えながら、無感情に言った。

「出掛けてしまうの？」

こんな一大事に。

「ああ、今夜は月に一度、催《もよお》される温泉郷の湯屋組合の会合だ」

そういえば、今夜は出掛けてしまうのだと厨房《ちゅうぼう》で言っていた。ここへは、ちょうど外出のために降りてきたのかもしれない。

「お凛殿の処遇は……？」

白峰が意見を仰《あお》ぐと、

「座敷牢《ざしきろう》に閉じ込めておいてくれ」

京之介はいつもの涼しい顔のまま命じた。実に平然と。

「座敷牢？」

凛子は耳を疑った。

「そう。この地下にある錠前《じょうまえ》付き厠《かわや》付きの八畳《じょう》間だ。俺が帰るまで大人しくしているんだよ、凛子」

京之介は子供に言い聞かせるみたいに命じてきた。

「まってよ、私の話も聞いて」

天然粗塩ごときであのように肌が荒れるはずがない。なにかの間違いだ。

「悪いが時間がない。君にできるのは、そこで大人しく待つことだけだ。いいね？」

そっと帯飾りの向きを正され、ぞくりと背筋に悪寒《おかん》が走った。

声音《こわね》は柔らかなのだが、まなざしは鋭く、有無を言わせぬ冷徹なものをたたえている。

冷徹――少なくとも凛子にはそう見えた。凛子がかたくなに離縁《りえん》したがるから、ここへきて愛想をつかされたのだろうか。

「京之介さん……」

これが本性なのだ。数日前、足湯に一緒に浸かったときは優しくて、見直したところだったのに。

いや、違う。あれは自分が、彼に理想を重ねて見ていただけだ。だって狗神《いぬがみ》の嫁だなんて嫌だもの。そうして相手を美化することで、自分自身を誤魔化《ごまか》していただけで、この妖の本性はやっぱり、人間界の伝承にあるような残忍で残虐《ざんぎやく》な狗神なのだ――。

凛子が怯《ひる》んで押し黙っていると、

「行ってきます」

彼は、うってかわって嘘みたいに優しいひと笑みをにこりと見せてから、身を翻《ひるがえ》して行ってしまう。

湯屋の一同は、しん、と静まり返って、彼に向かって慇懃《いんぎん》に頭だけを下げている。

京之介の二面相ぶりに、凛子はなんだか無性に腹が立ってきた。こういうときこそ、凛子が潔白であることを嗅《か》ぎ取ってくれればいいのに。

「なによ、さっさと決めつけちゃって。おまけに座敷牢だなんて。京之介さんのバカっ」

玄関を出てゆく京之介の背中を、思い切りののしる。周りの非難の目が痛いほどなのだがどうでもよかった。

「口を慎《つつし》みなさい。まったく……人間の分際で旦那様を罵倒《ばとう》するとは身の程知らずのトンチキもいいところです。さあ、朱星《あかぼし》、この娘を座敷牢にお連れしろ」

「はいよ」

白峰に命じられ、用心棒の片割れが返事をした。強そうな赤い髪のほうだ。

「来いよ、人間の嬢ちゃん。あんたはしばらく牢屋ン中だとよ」

用心棒が凛子に近づいて、二の腕を荒々しくつかむ。

「放して。私は毒など入れてないわ。なんで私が投獄《とうごく》されなきゃならないのよ」

凛子は摑《つか》まれた腕を振り払おうと、全身で抗《あらが》った。ちょっと摑まれているだけのように見えるのに、もの凄《すご》い馬鹿力なので、こっちも本気で爪を立ててやる。

「イテテ、……威勢のいい嫁御寮だな。あんまり逆らってばっかいると、そのうち三代目に手ェ嚙《か》まれて離縁されるぞ?」

「望むところよ。さっさと人間界に帰してちょうだいっ」

凛子が叫ぶと、用心棒にだしぬけにその腰を攫《さら》われた。

「ひゃあっ」

視界が反転して、凛子の身体《からだ》はいとも簡単に用心棒の肩に担《かつ》がれた。軽い荷駄《にだ》でも背負うような調子。なんという怪力なのだ。

「や、ちょ、高い、怖い怖い、下ろして」

凛子は恐怖に見舞われ、用心棒の背中をバシバシと叩いて暴れた。

「うるせえな、しっかりつかまってないと床にぶち落とすぞ」

用心棒はかまわず、そのままずんずんと歩き、階段の裏手にある地下への入り口から階下に降りてゆく。

そして地下にはあった、木造の面格子《めんごうし》に阻《はば》まれた座敷牢が。

たしかに厠付きの八畳間だった。隅っこに畳《たた》んだ寝具がある。

四隅に設けられた高灯台にはなぜかご丁寧《ていねい》に灯まで入っていて、地下だというのに、ほんのりと明るい。

右手には丈の低い出入り口が設けられている。もちろん頑強そうな錠前付きだ。

凛子の身体はそこから牢の中へ、ごろりと転がされた。

「じゃ、達者でな、嫁御寮」

そう言ってスチャッと鍵《かぎ》をかけると、用心棒は踵《きびす》を返してさっさと姿を消してしまったのだった。

格子は頑丈で、非力な凛子にはとても壊せるようなものではない。鍵も当然開けられない。ここに大人しく閉じこもっているしかないようだ。

さきほどの、冷酷な感じのする京之介の顔がよみがえった。

自分はあの妖に、この湯屋に一体何を期待していたのだろう。少しずつ居場所が見えてきたような気がしていたのに。

まだ彼らの信用は、不信感や疑りなどの負の感情と紙一重《かみひとえ》のところにあって、些細《ささい》な出来事でどちらにでも転がるということなのだろう。

凛子は深々とため息をついて、布団の山にもたれかかるようにして横になった。

期待なんてしなければいい。そうしたら傷つくこともない。幼いころ、叔父《おじ》夫婦の家で痛いほど学んだはずなのに。

「私、また期待していたんだ……」

どこかで必要としてもらえることを。

こんな妖だらけの温泉郷に来ても、爪弾《つまはじ》きにされてしまった。カフェを辞めざるをえなくなって、ひとりでアパートに籠《こも》っていたときの嫌な夜を思い出して、目にじわりと涙が滲《にじ》んできた。

「ああ、やだやだ」

悲しい気持ちになって沈んでしまわないよう、凛子は乱暴につぶやく。こんな異界で落ち込んだら、もう立ち直れない気がする。人間界へ帰らなければいけないのに、その気力さえも無くして、暗い闇に沈んで二度と這《は》いあがれなさそうで怖くなってくる。

すると、帯飾りのあたりがもぞもぞとして、白い小さな妖がするすると何匹か湧いて出てきた。オサキだ。

「オ凛、泣クナ」

「オ凛、良イ子ダヨ。嘘ツイテナイヨ」

そういえば、ここへ来てからあまり姿を見ていなかった。久しぶりに会えた。

「オ凛、寂シクナイ」

「ミンナ、居ルヨ、ココニ居ルヨ」

凛子はオサキをあつめて胸に抱え込んだ。寒くて悲しい夜、いつもそうしてきたように。

オサキたちはみんなふわふわして、あたたかくて、涙がこぼれそうになった。

「ありがとう。私には、おまえたちだけだよ……」

こんなときはお風呂に入りたい。入ってパーッと何もかも忘れてしまいたい。でも、このほの暗い地下の座敷牢に風呂はないようだ。

凛子は鬱屈《うっくつ》した心地のまま、たくさんのオサキを抱いてただじっとそこに横たわっていた。

2.

いつのまにかうとうとして、眠りに落ちたらしかった。まだ、この昼夜逆転の暮らしには慣れていないらしい。気づくと、牢格子の向こうに、沙世《さよ》が食膳《しょくぜん》を抱えて立っていた。

「沙世さん……」

凛子が半身を起こすと、それまで枕になっていたオサキたちがみな、いっせいにするすると袂《たもと》の中に隠れた。

そういえば、沙世の顔を見るのは久しぶりだ。

「凛子ちゃん、大変だったわね。食事を持ってきたわ。少しお話がしたくて、届ける役を鈴梅ちゃんに代わってもらったのよ」

沙世は言いながら膝を折り、格子の下の少し幅のある部分から食膳を差し入れてくれた。

「ありがとうございます」

凛子はやさぐれた気持ちになっていたので、四《よ》つん這《ば》いのままそこへ行き、食膳を引き寄せた。おにぎり二個と汁物、川魚（おそらく三途の河産）の塩焼き、煮物椀《わん》までついて意外と豪華だった。罪人扱いの印象はまったくない。

「温かいうちに食べて」

食欲はなかったけれど、とりあえず食べられるときに食べておこうと思い、凛子はおにぎりに手を伸ばした。

紙燭《しそく》の灯りだけがともされた暗がりで食べる食事は、なんともわびしい。牢格子の向こう側に沙世がいてくれるのがせめてもの救いだ。

彼女は通路の方にだれもいないことを確かめると、声を潜め、格子越しに話しはじめた。

「あのね、凛子ちゃん。私、ここの鍵を持っているの」

「えっ」

凛子はおにぎりを取り落としそうになった。沙世はたしかに懐《ふところ》から、ちらりと鍵らしきものを見せている。

「どうして、どうやって手に入れたの？」

凛子はどきどきしてきて、食事どころではなくなった。

「詰め所にあるのを見つけたの。これでここから逃げられるわ」

「逃げる？」

「そうよ。ここにいても、もう居づらいだけでしょう？　この湯屋を出て、私と一緒に人間の郷へ帰りましょう」

いきなりの誘いに、凛子は面食らった。牢を抜け出すだけでなく、人間界へ帰るなんて。声音《こわね》は抑えているが、沙世自身は高揚《こうよう》し、そしてひどく焦っているようすだ。

「でも、人間の郷に帰るといっても、沙世さんは……」

凛子はためらいがちに言いさす。沙世はもう死んでいるのだから、帰ることはできないのではないか――。

するとと沙世は、ふっと寂しげにほほえんだ。

「気づいていたのね。そう、私はたしかに死んでいるわ。数日前に、凛子ちゃんの鈴で確信して、京之介さんに確かめたの。ものすごくショックだった……」

沙世の顔が曇る。

「でもね、ある妖が教えてくれたのよ。この温泉郷には、反魂《はんごん》の湯という、死人が生き返られる秘密の温泉があるのだと」

「反魂の湯……？」

「ええ。例えば死んだお魚を入れて三つ数えると、生命の漲《みなぎ》る鮮魚に戻って水面を飛び跳ねるそうよ。その温泉に入れば、死人も生き返れるの。私が入れば、また生きた人間に戻って人間の郷に帰れるわ」

凛子は目を丸くした。

「そんな不思議な温泉があるんですね……」

官能の湯が沸くのだから、反魂の湯があってもおかしくはないだろうか。

「その温泉は闇夜にしか湧かないから、今夜が最後のチャンスなのよ」

たしかに沙世は、次の闇夜にはここにいられない身だ。だから焦っているのだ。

「場所はわかるんですか？」

「ええ。案内してくれる妖が、今、手筈《てはず》を整えて湯屋の外で待っているわ。人間の郷へも手引きしてくれるそうよ。だから、凛子ちゃんも一緒に行きましょう。変装してしまえば、表から堂々と出られるわ」

沙世は後ろに隠していた変装用の着物を見せてくれた。

「あなただって、いつここを出られるかわからないわ。たとえ牢から出られても、人間の郷に戻れるチャンスは巡ってこないかもしれない。そうでしょう？」

「ええ、たしかに……」

四十両が貯まって離縁《りえん》が叶えば帰してもらえると言われたが、具体的に向こうに帰れる見通しは立っていない。

「その妖は、信用してもいいんですか？」

迷いが生じていた。まだ顔を見たこともない相手を、まるまる信じていいのだろうか。

「絹狸《きぬだぬき》の男よ。ここの常連で、鈴梅ちゃんもよく知る相手だそうよ」

「そうなのね」

常連なら、悪い相手ではないだろうか。

「その絹狸の男は、どうして沙世さんにそんなに協力してくれるの？　お金儲《もう》けかな」

秘密の湯に入れてくれて、人間の郷への手引きもしてくれるなんて。これまでの経験からいくと、相当の高額の金が要求されるはずだ。

「そうね。私には手持ちのお金がないから、取引をしたわ。人間界へ戻ってから、むこうにある財産を差し出すこと。それに、右目を差し出すこと」

「右目を……？」

凛子はぞくりとした。

「ええ。絹狸は、それで手を打ってくれた。だから私は生き返っても、右の視力はないの。でも、かまわないわ。片方あれば、桃香《ももか》を見守ってあげることは十分にできるもの」

「沙世さん……」

そんな取引、大切な子供のためならどうということはないのだ。沙世はそう言っているように見える。母とはなんと強い生き物なのだろう。生きたいと望むその執念を、ひしひしと感じる。

「あ、でも、成婚の杯のこと……」

凜子はふと思い出す。

「それがどうかした？」

「そのお酒を酌《く》み交わした者同士は、裏切りは許されない。もし裏切れば、お酒の成分が魑魅魍魎《ちみもうりょう》になって臓腑《ぞうふ》を喰らいつくされることになるって……」

「大丈夫よ。人間界に戻ってしまえばそんなのは関係なくなることだから」

「そういうものなんですか……？」

あくまでこの郷内での話だったのだろうか。京之介も、ここでは人間界の決まりごとは通用しないとは言っていたが。

「ええ。行きましょう、凜子ちゃん。迷っている時間はないわ」

沙世が、牢越しに手を差し伸べて誘いかけてくる。

多少のためらいはあったが、彼女の面《おもて》にある切実な覚悟を見て、凜子も心が決まった。

湯屋の妖たちに誤解されたままなのは悔《くや》しいものの、こんな不当な扱いを受けて牢に閉じこもっているよりも、チャンスがあるのなら、さっさとそれに乗っかって元の世界へ帰りたい。沙世が生き返ることができるのだって、喜ばしいことだ。

「行くわ。ありがとう、沙世さん」

凛子はおにぎりをお茶で喉《のど》に流し込むと、すっと立ち上がった。

「お仕着せではばれてしまうから、これを着て」

沙世は淡い黄色の着物を用意していた。凛子は急いでそれに着替え、顔を隠すために、いつもはまとめて一つにしている髪を解き、できるだけ顔が隠れるようにした。

沙世はもう一度、通路の向こうにだれもいないことを確認してから、牢の扉の鍵をあけた。

浴客に変装した凛子は、そこからするりと抜け出し、沙世とともに一階へと向かった。

ばれやしないかとひやひやしたが、番台前の広間はなにやら賑《にぎ》わしかった。

番台は、ちょうど、さきほど白虎が壊した部分を下働きの鬼たちが修繕《しゅうぜん》しているところだった。そして入り口の沓脱場《くつぬぎば》で、なにやらガラの悪そうな数匹の鬼が、ふたりの用心棒と口論をしており、白峰がその仲裁《ちゅうさい》に入っている。

「湯荒らしが目的なら表に出やがれ」

赤髪の用心棒のほうが声を荒らげている。

関係のない浴客たちもヤジを飛ばして、一触即発《いっしょくそくはつ》の空気だ。

「こちとら風呂に入りに来たんだよ。ガタガタ抜かしてねえでいい加減、通しやがれ」

鬼が赤髪の用心棒につかみかかったところで、乱闘騒ぎに突入した。

闇夜にトラブルが起きやすいというのは事実のようだ。そして湯屋に用心棒が雇われているのには納得した。腰の低い奉公人では相手に太刀打《たちう》ちできなさそうだ。

湯屋にしてみたら、白虎の事件のあとに、こんな騒ぎが立て続けに起きてひどい迷惑だろうが、今の凛子にとってはありがたかった。

凛子は浴客を装《よそお》って湯屋を出た。

そのあとに、箒《ほうき》を持った沙世もついてきた。沙世はいつも、掃除《そうじ》道具を持って湯屋内をうろついているので、彼女の動きなど、だれも気に留めない。

「こっちだ」

黒い被《かぶ》り物をした背丈の低い妖が待っていて、手招きをした。布の奥から、丸っこい目がのぞいている。これが絹狸だろうか。

「行きましょう」

沙世が箒をうち捨てて絹狸の男についていく。〈高天原〉と貸間屋の間の暗がりに、朧《おぼろ》車《ぐるま》が停まっていた。御簾《みす》を上げて乗り込もうとすると、「お待ちを」と絹狸に止められた。

「袂《たもと》の中のものは始末させていただきます、足が付きますすゆえ」

そういえば、袂の中には数匹のオサキが入っている。

「始末って……」

凛子が気付いて袂の口を開きかけると、絹狸が返事を待たず、強引にそこに手を差し入れて何事かぼそぼそとつぶやくと、ばふっと中が大きく爆《は》ぜた。

すると煙とともにオサキが飛び出てきて、小さく「ぎゃう」と鳴き声をあげて霧散してしまった。

「ちっ、一匹逃したか」と、絹狸が舌打ちする。

「殺してしまったの？」

凛子がぎょっとして非難すると、

「何度でも蘇《よみがえ》りますよ」

絹狸はいまいましそうに低い声で言った。そういえば、京之介が消してしまった子も、死んだというよりはその場から消え失せた感じだった。

なにか腑《ふ》に落ちない、心もとない思いでいると、沙世が「仕方ないわ。乗りましょう」

と促してきた。たしかに人間の郷に帰るのだから、もう妖と関わっている場合ではない。

乗り際に、凛子は湯屋を振り返った。

夜ともなると、五階建ての湯屋の眺めは圧巻だった。提灯《ちょうちん》の灯が灯り、きらびやかな飴色《あめいろ》の光がガラス窓から皓々《こうこう》と溢《あふ》れ、高くそびえる煙突からは煙を放っている。美しくも幻想的な威容。だが、この眺めも今宵《こよい》限りだ。

自分がいなくなったと知ったら、京之介はどんな顔をするだろう。ふと、彼の涼やかなまなざしが脳裏《のうり》をよぎった。美しい琥珀《こはく》色の瞳。結局、甘いもの好きで、勘が鋭くて、凛子と離縁してくれないこと以外、彼のことはわからなかった。

さようなら。凛子は胸の中でつぶやいてから朧車に乗り込んだ。

3.

朧車は一路、反魂の湯があるという湯屋に向けて走った。

車内は三畳《じょう》と広く、速度も驚くほどに速い。時速八〇キロ以上出ているのではないか。相当、金を積んでいるのだろう。

ときおり、御簾をあげて外を見てみたが、鬼火だけがぼうっと灯る深い闇だったり、湯屋の看板を掲げた楼閣《ろうかく》が見えたり、辻風呂《つじぶろ》を営《いとな》む妖と目が合ったりと、はじめて見る不可思議な眺めのくりかえしだった。

はじめのうちは湯屋から逃れられた達成感から、あれこれ埒《らち》もないことを興奮気味に話していたが、いつのまにか、沙世の口数が少なくなって、会話がなくなっていた。

同乗した絹狸は目を閉じてじっとしている。寝ているのかもしれない。あとはゴトゴトと車輪の回る音だけが響くだけで、夜中であることも影響してか、凛子の胸にはなにやら不安が生じはじめていた。

どれくらい揺られただろう。

朧車が停まって、絹狸が一番先に降りた。

凛子はそのあとについて降りた。外はいつのまにか、細かい雨がしとしとと降っていた。

前方に、湯屋と思《おぼ》しき建物が見える。

五重の塔《とう》のような層塔建築の三階建てで、軒《のき》には小さな提灯が連なっている。古びていて、瓦《かわら》から苔《こけ》とか蜘蛛《くも》の糸の塊《かたまり》がずるりと垂れ下がっている。

サンスクリット語のような文字でなにか書き連ねた幟《のぼり》のようなものもはためいているのだが、それが卒塔婆《そとば》みたいに見えて薄気味悪い。美しく壮麗《そうれい》で、どこか幻想的だった〈高天原〉とはまったく趣《おもむき》の異なる館だ。

ごつごつとした岩の道が、その湯屋に向かって続いている。道脇には街灯代わりに、鬼火が灯っているのだが、これがまたおどろおどろしい。

「ここに反魂の湯があるの……？　なんだかものすごく陰気な感じだわ」

雨のせいかじめじめしていて、さながら地獄界への入り口という印象だ。凜子は寒いものを感じてぶるりと身を震わせた。

「魂を蘇らせるというのだから、ふつうの湯屋とは少し違うかもしれないわね」

沙世も想像とは異なったようで、不安げにあたりを見回している。

降りた朧車のとなりには、屋形や軒格子《のきごうし》に金箔《きんぱく》の施《ほどこ》された、あきらかに賓客《ひんかく》の乗る仕様だとわかる豪奢《ごうしゃ》な朧車が二台ほど、停車している。先客だろうか。

「豪華すぎて霊柩車《れいきゅうしゃ》みたい……」

凜子はぼそりとつぶやいてしまった。

鬼火の明るみが届かないところは漆黒《しっこく》の闇だが、目が慣れてくると、ここが四方を岩壁に囲まれた谷であることがわかった。

「こちらです」

背丈の低い絹狸が言い、ひょこひょこと歩いて案内してくれる。

色褪《いろあ》せた暖簾《のれん》をくぐって、ふたりはとりあえず湯屋の中に入っていった。

内部の作りも外観に劣らず古めかしい。〈高天原〉も古いが、歴史や品格を感じられる佇《たたず》まいで心地よかった。こちらは経年劣化をそのまま放置した状態で、主の建物への愛情というものがあまり感じられない。

「ようこそ谷の温泉区へ」

右手の番台にいた背丈のある絹狸が、にこやかに言った。人並みに背丈があり、髪の毛なども生えているのに、顔と耳だけが狸だからひどく違和感がある。

「谷の温泉区？」

どこかで聞いたことのある言葉だと思った。温泉郷には山、河、海、そして谷の温泉区があるが、谷の温泉区は、たしかもぐりの闇の湯屋が多いと言っていなかったか。

「あなたはあのときの……」

沙世がほっとしたような顔になる。

「お待ちしておりましたぞ」

男がにこりと笑う。これが〈高天原〉の常連だとかいう絹狸の男か。

「どうぞこちらへ。どうぞ」

番台を降りたその絹狸が近づいてきて、沙世と凛子が脱いだ履物《はきもの》を下足箱《げそくばこ》にしまってくれた。〈高天原〉に比べると規模の小さな湯屋のせいか、下足番はいなかった。

「少々時間がございますから、おふたりとも、こちらで着替えて寛《くつろ》いでいてください」

そう言って、背の高い絹狸の男が、脱衣場とは別に設けられた小間にふたりを案内した。

「浴衣《ゆかた》です」

絹狸が沙世に差し出したのは白い浴衣だった。帯も淡いグレーで、ほとんど白に見える。

「お連れ様もどうぞ」

凛子にもおなじものを差し出してくる。

「……あ、私は、温泉に入りに来たんじゃないんだけど」

「承知しております。ですが、せっかくですから、着替えてお寛ぎください」

「……はい」

好意を無下《むげ》にするのも申し訳ないような気がして、凛子は浴衣を受け取った。今夜だけで何度目の着替えだろう。

絹狸が出て行くと、狭い小間で沙世とふたりきりになった。

「真っ白の浴衣ってめずらしいですね」

凛子は浴衣を広げながら言った。

「ええ、湯帷子《ゆかたびら》も兼ねているのかもしれないわ。命を蘇らせる湯に浸かるのだから、神聖な姿で臨《のぞ》むべきだものね」

沙世も浴衣を見つめながらつぶやく。

しかしこれは、湯帷子というより死装束《しにしょうぞく》に見える。沙世も同じことを思ったのか、いつになく表情が硬い。緊張のせいだろうか。

なんとなく落ち着かない心地のまま、人間界に戻ったらまずなにをするかとか、どんな懐かしい料理を食べるかとか、できるだけ明るい話題を選びながら、沙世とお喋《しゃべ》りをした。沙世は元気がないようだった。小間で話しはじめてから、いや、朧車に揺られているときから気になっていた。

表情が、生き返られる喜びに満ちているというよりは、不安にこわばっている。でも、うまく蘇生《そせい》できるかどうかなんてわからない、運命の分かれ道なのだから緊張もするだろう。まして、こんなほの暗い谷底の温泉では。

それから四半刻ほどを過ごしたところで、絹狸の男がふたたび小間に戻ってきた。

「支度《したく》が整いましたのでおいでください。お連れ様もご一緒に」

「え？　私も？」

「はい。お連れ様もぜひご覧ください、霊泉の奇跡を」

絹狸は大仰《おおぎょう》に言って誘い掛けてくる。

「いいの？」

凛子が沙世を見て問うと、

「ええ」とほほえんで頷《うなず》く。その表情がどうも控え目で硬い。

命がよみがえる温泉なんてめずらしくて興味があるので、凛子は沙世に同行することにした。

反魂《はんごん》の湯は、地下にあるらしかった。

絹狸の案内で、岩肌のむき出した階段状の通路を慎重に降りてゆく。

途中、凛子は小さな鳥のような妖を見つけた。

「鳥……？」

ヒヨコか雀《すずめ》くらいの大きさで、見過ごしてしまいそうなほどに小さい。白い羽毛には、うっすらと虎模様がかかっていて、気の毒なことに、嘴《くちばし》が開かないように縫《ぬ》われている。

羽はぼろぼろで、ところどころに血も滲《にじ》んで固まっている。

凛子はその縞《しま》つきのヒヨコに手を伸ばし、救いあげた。逃げたり、抵抗することもない。そんな体力はないだろう、どう見ても瀕死《ひんし》の状態だ。血痕が鮮血ではないところを見ると、時間が経っているようだ。

「かわいそうに。だれがこんなことを……」

凛子は、通路の上の明かり取りの窓を見上げた。あそこから入ってきたのかもしれない。

「もしかして、おまえも反魂の湯に入りに来たの？」

命がよみがえるくらいなのだから、傷を癒《いや》す効能も大いにありそうだ。でも、この縞ヒヨコはきっとここに辿《たど》り着いたところで力尽きてしまったのだろう。

凛子は嘴を封じている紐《ひも》をほどこうとしたが、意外と固くてすぐにはできなかった。

「どうなされましたか？」

絹狸が、凛子がついてこないことに気づいてこちらを振り返ったので、あわてて縞ヒヨコを懐《ふところ》に押し込んだ。なんとなく、見つかったらいけないような気がした。

「なんでもありません」

凛子は遅れを取らぬよう、沙世たちのところまで階段をかけ降りてゆく。

「おまえも反魂の湯に入れてあげる。浴代が高そうだから、沙世さんのついでにこっそりね」

胸元に入れた縞ヒヨコを軽く押さえながら、小声でつぶやく。羽毛がくすぐったくて、オサキみたいにあたたかい。あたたかいうちは、まだ息があるということだ。小さくても、生き返って元気になってほしいと思った。

反魂の湯は、地下の洞窟《どうくつ》内にあった。

壁面は岩肌がむき出しになっているが、天井は板張りになっている。これが黒い木材なので、灯楼《とうろう》で灯をともしているだけの浴場内はほの暗い。

ただし、反魂の湯自体は、ブルートパーズのような澄んだ青色で、胸がすくような美しさだ。ゆらりと立ちこめる湯気をまとい、ときおり水底からふつりふつりと気泡《きほう》が浮かんで、どこか神秘的ですらあった。

沙世は、白い浴衣姿のまま、湯壺《ゆつぼ》のほうに歩み寄ってゆく。

湯壺は四畳半ほどの広めの正方形で、黒色の角材で縁取られていた。

「あなた様も、もっとこちらへ。ここからはあなた様に協力してもらわねばなりませぬ」

いつのまにか絹狸の数が増えていて、みなが凜子のそばへ寄ってきた。どの絹狸も、顔にいかめしい鬼のお面をつけている。面をつけられても、これだけの人数に見守られては沙世も入浴しづらいだろう。

「協力？　なにを協力するというの？」

わけの分からないことを言い出され、凜子は戸惑った。

「反魂の湯を沸かすのに、あなたの力が必要なのでございます、人間のお嬢さん」

「私の？」

たしかに〈高天原〉では湯沸かしを手伝っていた身だが、なぜここでも部外者の自分が手伝わねばならないのか。

「ささ、どうぞこちらへ。どうぞ」

近寄ってきた絹狸が凜子を取り囲み、さきほどと同じように丁寧《ていねい》な強引さで湯壺の縁へと導いてしまう。

すでに湯壺の手前で立っている沙世の方を見ると、どことなく青ざめ、うろたえたような顔でこちらを見ていた。緊張がひどいようだ。

「私はなにをすればいいの？」

凜子は湯面を覗《のぞ》き込みながら言う。湯気の立ち方からして、十分に湧いているように見受けられるのだが。

すると背丈の高い絹狸が、そのどこか笑っているような垂れ目をじっとこちらに向けて告げた。

「反魂の湯とは、文字通り死者を蘇らせる力を持つ霊泉。ですが、ただでは湧きませぬ」

「どうしたら湧くの？」

「反魂の湯は、闇夜に同種族の贄《にえ》を捧げてこそ湧き出でるもの。つまり、今宵《こよい》、あなた様をこの湯に溶かして消すことによって、代わりに人間のだれかが息を吹き返せる湯に沸き変わる仕組みなのでございます」

凛子は耳を疑った。

「この湯に溶かして消すって……」

泉質を維持するために贄を投入しているということか。

「まさか、私の後に入るのは……」

胸には嫌な予感が満ちていた。同種族の相手など、ここにはひとりしかいない──。

「あちらのお客様にございます」

絹狸は凛子の両手首を後ろ手にして縛りながら、沙世を示した。

凛子はがんと頭を殴《なぐ》られたような衝撃を受けた。

「沙世さん、嘘でしょ？　いったいどういうことなの？　いつからこんな残酷なこと……、人間界へ帰れるというのは嘘だったの？」

絹狸《きぬだぬき》に抵抗しながら、問い詰める。すると沙世は、

「そうよ」

暗い表情のまま頷き、語りだした。

「……自分が死人だとわかって落ち込んでいた翌日、あの妖が湯屋に来たわ」

背の高い絹狸を一瞥《いちべつ》して、彼女は続ける。

「そして反魂の湯のことを教えてくれた。渡りに船だったわ。ただし、命を吹き返すには条件があったの。代わりに、だれかの命を差し出さねばならないと。……湯銭だって、決して安くはなくて……、私は彼の要求通りに、生き返ったあかつきには、人間の郷にある財産と、右目を差し出すことを約束した……」

その取引は、事実なのだ。

「私がこの郷に留まれるのはあとわずか。この闇夜を逃したら、もうチャンスはないわ。だから、実行したの。私だって人間の郷に帰りたかったから。……〈月見の湯〉の湯に漆《うるし》を混ぜて事件を起こしたのも私よ」

「えっ」

凛子は耳を疑った。

「凛子ちゃんが、紋日《もんび》のあたりからあの湯屋で働くのが楽しそうで、充実しているように見えたから……、嫌な事件を起こしておいて、憂《う》さでも晴らしましょうよと外に連れ出すつもりだったわ」

座敷牢《ざしきろう》にまで入れられたのは計算外だったが、絹狸の手下に揉《も》め事を起こしてもらい、なんとか詰め所から鍵《かぎ》を持ち出し、連れ出すことに成功したという。

あの乱闘騒ぎは、目くらましのために故意に起こしたものだったのだ。

「ごめんなさいね、凜子ちゃん……」

沙世は目を伏せ、申し訳なさそうに詫《わ》びる。

「沙世さん……」

どうして沙世がだんだん無口になっていったのか。

思いつめたような、つらそうな顔になっていったのか。

今になって、ようやくわかった。

己の残酷な目的を果たすために、凜子の命を妖に差し出していたからだ――。

「憐《あわ》れだな、人間の娘よ」

「だが人助けだと思えば悪くなかろうて、ひひひ」

絹狸たちが嘲笑《あざわら》いながら、血の気の失せた凜子の体を湯壺の縁までひきずってゆく。

こんなときなのに、なぜか胸にしまった縞ヒヨコのことが思い出された。まだ息があるが、一緒に巻き込まれて死んでしまうだろう。拾わなければよかった。

湯気のたちのぼる湯面を目の当《ま》たりにすると、沙世の裏切りへの悲しみと衝撃が、一気に死への恐怖に変わって一気に増幅した。

「助けて、沙世さん……、私、まだ死にたくない……」

凜子は肩越しに沙世を振り返った。

彼女は泣いていた。ぼろぼろと頬《ほお》をこぼれる涙をハンカチで拭《ぬぐ》っている。あのきれいな花の刺繡《ししゅう》のハンカチだ。

ふと、一緒に風呂に温泉に浸かり、うちとけて話していたときのことが思い出された。あのときの沙世には、まさか凜子をこんな目に遭《あ》わせるつもりはなかっただろう。でも、生きている凜子と死んでしまった沙世では、もう心の在り方が違うのだ。

「やめて、縄を解いて！」

反魂の湯に向きなおった凜子は、力の限り抗《あらが》って叫んだ。

「そうだ、娘、もっと苦しめ。泣きわめけ。その方が面白い」

右の絹狸が言うと、

「せいぜい湯水に溶かされ苦しんで死んでおくれ。その方が盛り上がるというものだ」

左の絹狸も昂《たかぶ》ったようすで言う。

一体、何が盛り上がるというのだ。

「助けて！　お願い、手を放して、だれか助けて……！」

死の恐怖に取りつかれたまま、凜子は泣き叫ぶ。

「お黙りなされ。どのみちあの女の辿《たど》る運命も似たようなものだ」

右の絹狸に囁《ささや》かれ、凜子ははっとする。

「それはどういう意味……」

絹狸はひひひ、とお面の下で笑い、問いには答えない。

「さあ、そろそろ沈みなされ。入れ代わりの奇跡の瞬間を、皆がお待ちだ」

「皆ってだれ？　沙世さん、だれなの？」

凛子はわけがわからないまま喚《わめ》く。

沙世のすすり泣きが聞こえる。悔《く》やんでいるのだろうか。だれかを見殺しにするなんて、やはりまともな神経では耐えられないのだ。でも、もう遅い。凛子の体はいよいよ湯殿に投入するため、湯壺の縁に乗せあげられた。

不吉な湯気に煽《あお》られる。

美しい湯水は、いまや命を呑《の》み込む禍々《まがまが》しいものにしか見えない。

底の見えない沼のように深い湯殿。実際に底はないのだ。凛子の生命を取り込み、泉質を替えるそのときまで――。

「やめて……」

死への恐れとおののきに、凛子の目からも、ぼろぼろと涙が溢《あふ》れてくる。こんな温泉郷に攫《さら》われたばっかりに死ぬ羽目になって。恨むわ、京之介さん。彼の涼しい顔を恨みがましく思い出し、きつく目を閉ざしたその刹那《せつな》。

ドス、となにかがぶつかるような音がした。

「ぐはっ」

次いで右の絹狸が口から大量の血を吐いて、どう、と浴場のほうに倒れた。見ると、背には氷槍《ひょうそう》が刺さっていた。

何事かと目を剝《む》いていると、

「その汚い手をはなしやがれ、外道《げどう》が」

背後から怒声が飛んだ。はっと振り返ると、〈高天原〉の用心棒の声だった。そしてその後ろに、京之介の姿があった。

「京之介さん！」

絹狸たちがいっせいに警戒を深めた。ほっとしたのもつかの間、

「動いてはなりません」

左側にいた背の高い絹狸に羽交《はが》い締《じ》めにされ、喉元《のどもと》に短刀を突きつけられた。

「ひっ」

凜子は鋭く光る刃に息を呑んだ。

「ここは奉行所から営業禁止処分を食らったと思ったが、なぜいつまでも暖簾《のれん》を掲げているんだ？」

京之介が問いながら、普段どおりの足取りで浴場に入ってきた。凛子の命など惜しくないのか、実に冷静だ。

「富める者のみがくぐれる暖簾というのがありましてね。あなた様のようなお方なら大歓迎ですよ、狗神《いぬがみ》殿」

刃物を持つ絹狸が胡麻《ごま》をするようにいう。

「あまり派手にやっていると、また奉行所にしょっぴかれるぞ」

京之介が嘲笑する。同業のよしみでか、密告するとかいう気はないようだ。

「おたくの湯屋の邪魔は致しませんよ。うちはおたくとは客層が少々異なるのでね」

別の絹狸が揉《も》み手をしながら低い声で言う。

「ここのお客というのは、表に停まっていたあの悪趣味な朧車《おぼろぐるま》の主たちのことか？　中二階に、見物《もの み》席と酒食があった。蘇生《そ せい》の顚末《てんまつ》を、彼らの見世物《み せ もの》にするつもりだったのだろう？」

京之介が、ちらと頭上に目をやってから言う。凛子はまったく気づかなかったが、見れば出入口の上あたりに、小さな鉄格子《てつごう し》に隔《へだ》てられた小間と思《おぼ》しき空間がある。つまり、あの中二階から、湯殿が見下ろせるようになっているのだ。

「これはこれはよく調べておいでで……」

一見、平常を保っている絹狸の声色には、しかし焦りが滲《にじ》みはじめている。

「攫った相手が悪かったんじゃねえか、狸おやじ。その娘は三代目の嫁御寮だぜ」

赤髪の用心棒が呆《あき》れたようすで言った。しかし、

「もちろん存じております。ですが、それでこそ、見世物は盛り上がるというもの」

絹狸どもは懲《こ》りずに悪辣《あくらつ》なことを言う。

「残念ながら、客はとっくにずらかった。さっさと我が妻を返してくれ。怯《おび》えきって震えているじゃないか」

京之介が、青ざめている凛子を気遣わしげに見やる。

凛子は刃がいまにも喉に突き刺さらんばかり。背後には命を呑み込む反魂の湯が迫って、生きた心地がしない。

「ここは取引といたしましょうか、狗神殿」

絹狸の持つ刃が、ぴたりと凛子の喉元に張りつく。

「ひ……」

凛子は息を止める。もし少しでも角度が変われば、皮膚《ひふ》は切れて血が溢れる。

「今宵《こよい》の件を水に流し、秘匿《ひとく》しておいていただけるのなら、お返しいたしましょう。今後、この嫁御寮には二度と手出ししないことをお約束いたします。もし応じられないというの

なら、このままここで喉を切り、反魂の湯に沈めま――」

「興味ない」

京之介は冷ややかに一蹴《いっしゅう》し、みずからの髪を一本抜き取って、指先からふっと飛ばした。

白銀の細い髪は白く透き通った小狐――いつも凛子の周りにいたオサキに枝分かれして突進し、次々に絹狸の喉元や横腹に食らいついた。

「ぐぼぇっ」

嚙《か》みついた箇所《かしょ》が血を吹いたかと思うと、絹狸が奇妙な呻《うめ》き声とともに口からも盛大に血を吐いた。

凛子は驚愕《きょうがく》したが、刃がすべり落ちた隙《すき》をみて、縁から降り、絹狸から離れた。ほんの数拍の出来事だ。絹狸がどさりと倒れると、オサキもふっと消えていなくなった。

最後の一匹のオサキが凛子の縄を嚙みちぎってから消えた。

「私のオサキ……っ」

凛子が叫ぶと、沙世が意識を失ってその場に倒れた。

「オサキではない。犬神鼠《いぬがみねずみ》だよ。俺の使い魔だ」

京之介が、ゆっくりとこちらに来ながら言う。

「犬神鼠？　あの子たち犬だったの？」

しかも京之介の――？

顔つきや色からして、てっきり狐だと思い込んでいた。そういえば、狗神は、ネズミ程度の大きさで群れをなしているという伝承も本で読んだことがある。

頭《かしら》とおぼしき絹狸がやられると、分が悪くなったのを察知してか、ほかの絹狸たちは尻尾《しっぽ》を巻いて湯殿から逃げ出した。その逃げ足の速いこと。

浴場は静まり返り、凛子と京之介と用心棒二人、それに気を失った沙世だけになった。

「ありがとう、死ぬかと思った……」

凛子は、ほっとして湯壺の縁から降り、浴場にへたり込んだ。背中には、またしても冷や汗をどっとかいていた。

4.

湯屋を出ると、夜が明けていた。

雨は止み、谷底には霧がたちこめていた。雲間からこぼれたやわらかな朝陽が襞《ひだ》状になって差し込んでいる。地下の穴蔵の中にいた凛子には、鈍い陽の光でも、ひどくまぶしく感じられた。

闇の湯屋と呼ばれたその層塔は、明るいところで見ると廃墟のようだった。苔《こけ》むした甍《いらか》、薄汚れた外壁、襤褸《ぼろ》の幟《のぼり》が相変わらず卒塔婆《そとば》に見えた。

豪奢《ごうしゃ》な二台の朧車は、もうどこにも見当たらなかった。

白虎の事件が起き、牢《ろう》に入れられ、沙世とここまで逃れ、また窮地《きゅうち》に陥《おちい》って……思えば長い夜だった。

「どうしてここがわかったの？」

凛子は郷へ来て以来の疲れを覚えながら、京之介に問う。

「絹狸の呪詛《じゅそ》から逃れた犬神鼠が知らせてくれた。あとは鈴の音を頼りに、この場所をつきとめた」

そういえば、帯飾りはつけたままだった。狸たちはこれには気づかなかった。彼らの悪意の方が強すぎて、魔除《まよ》けの効果は得られなかったようだが。

「沙世さんは……」

沙世は気絶したままだ。雪妖の用心棒に担がれている。

「朝から不穏な匂《にお》いがすると思っていたが、原因は彼女だったようだ。万が一に備えて、君を座敷牢に入れて守っておいたんだが」

京之介に言われ、凜子は目を丸くした。

「怒って閉じ込めたんじゃなかったの？」

「ちがう。君が白であることなど、すぐにわかった。ただ、何か起こりそうな予感があったから、念のため、帯飾りに犬神鼠を仕込んであそこで待たせただけだよ。まあ、白峰以外は気づいていなかったようだが」

去り際に、たしかに帯飾りにふれられた。あのとき、犬神鼠を仕込んでいたのだ。てっきり、投獄《とうごく》されたのだとばかり思っていた。

「君は、そんなに人間の郷へ帰りたいのか、凜子？」

問い返してくる京之介は、いつになくうちひしがれて見える。

「それは……」

凜子は言葉につまった。

人間界には帰りたい。あの元の世界に、それほど帰りたい家があるわけでもないが、なにかやらなければならないことがあったはずだし、それに、沙世に誘われたのも大きい。

「たぶん、沙世さんと、一緒に帰りたかったの……」

彼女が生き返れるのなら、ふたりで一緒に帰りたかった。彼女が大きなきっかけであったことは間違いない。

「でも、裏切られてしまったのだけど……」

凛子はほろ苦い笑みを浮かべる。信じて彼女の手をとった自分が虚《むな》しかった。

「どのみち沙世は人間の郷へは戻れなかったよ」

京之介が淡々と言った。

「どういうこと?」

「湯殿での会話で分かったと思うが、君らのやりとりを、高みから見物している者がいたんだ。君も見ただろう、ここに停まっていた朧車の主たちだ。おそらくそいつらが、この反魂の茶番を愉《たの》しんだ挙句《あげく》に、生き返った沙世を食らうことになっていた」

「そんな……」

絹狸たちの目的は、沙世を生き返らせ、人間の郷へ送り返すことなどではなかった。沙世も騙《だま》された被害者だったということだ。

「考えてもごらん。沙世が支払える程度のはした金を貰《もら》って彼女を人間の郷に帰してやったところで、絹狸らには何の得にもならない。真の目的は、ここの浴客を愉《たの》しませることだ。君たちは、その余興の演目にすぎなかった。この湯屋は、そういう黒いもてなしで荒《あら》稼《かせ》ぎしてきた闇の湯屋のひとつだ」

京之介は、背後をふり返りながら言う。

絹狸が、盛り上がるとかなんとか言って死の恐怖に怯《おび》える凛子を煽《あお》ったのは、これが見《み》世物《せもの》に過ぎなかったからだったのだ。

「見世物だなんて、悪趣味ね。人の命を何だと思ってるのよ」

凛子も闇の湯屋を睨《にら》みあげる。

「皆がまっとうな神経を持っているとは限らない。人も妖もそれは同じだ」

京之介はどこかあきらめたような目をしていう。

「沙世さんはどうなるの……？」

「どうにも。時が来たら、黄泉に渡るだけさ」

「それまではこれまで通りに〈高天原〉に置いてあげる？」

それが、置いてあげてほしいというふうに聞こえたのだろうか。

数拍の間があってから、京之介は答えた。

「君がそれを望むなら」

もしもあのまま京之介が助けに来てくれなかったら、凛子は反魂の湯に沈められて死んでいた。たとえその後、生き返った沙世も妖に喰われたのだとしても、まずは凛子が彼女の裏切りに遭《あ》い、死なねばならなかった。

沙世さん、どうして。

青白い彼女の顔を見たまま、問い詰めてしまう。

自分がもし彼女の立場だったらどうだろう。大切な娘を残して死んでしまった身。そこにただのうのうと生きている者がいたとして、その者の命を頂戴《ちょうだい》して自分が蘇生《そせい》することができるのなら。甘い言葉を囁《ささや》かれたら、娘のために、帰りたいと願うのではないか。さらに片目を差し出してでも、大切な娘のためなら、命を奪うことさえ厭《いと》わない鬼になれるのではないか。

それでも――。

凛子にはあの優しかった沙世に裏切られたことが、つらくて仕方がなかった。今はまだ、胸がざわざわとしすぎていて、彼女に対する自分の感情についてを冷静に考えることはできない。

「とりあえず、〈高天原〉に一緒に帰りましょうよ」

どのみち彼女は、黄泉に渡らねばならぬ身だ。

ふと、懐《ふところ》がもぞもぞと蠢《うごめ》くものがあって、凛子は「あ」と足を止めた。

「この子のこと忘れてた」

凛子は懐からヒヨコを取り出した。

「縞《しま》ヒヨコなの。反魂の湯に降りていく途中に拾ったのよ。多分、入りに来たんだと思う」

「雄《おす》だな。こいつ、今までずっと凛子の懐に？」

「弱っているから仕方ないでしょう？」

「夫の俺ですら、まだ君の懐に入ったことはないというのにか？」

京之介はなんだか不満げだ。

「京之介さんはどうせ入れないと思うのデカいから。……それより鋏《はさみ》持ってない？　この紐《ひも》を解いてあげなきゃ」

凛子は硬い紐を爪の先を使ってほぐし始める。京之介も用心棒ふたりも鋏など持っていないというので、手で解くしかない。

凛子が嘴に入り込んだ紐を懸命につまみ出して解いていると、

「君は、そうやって俺の紐も解いてくれたんだな」

こちらを見下ろしていた京之介が感慨《かんがい》深げに言う。

「そうよ、あのときはもっとずっと複雑に巻かれてたし、途中でこんがらかるし、本当に大変で必死に頑張ったのよ」

なぜ、京之介はあんな目に遭っていたのだろう。訊ねてみようとしたところで、

「……あっ」

紐がほどけ、そのとたんに縞ヒヨコが羽を広げて凜子の手からはなれた。

「飛んでいっちゃった」

いきなり嘘のように精気を取り戻して復活するのは、京之介のときとおなじだ。

「恩人に、礼のひとつも言わずに白状なやつだ」

京之介は最後まで不満げだ。

「元気になったんだからいいじゃない」

凜子は朧車《おぼろぐるま》のほうに歩き出す。帰りは〈高天原〉御用達《ごようたし》の朧車だ。

朝焼けの空に飛び立った縞ヒヨコは、彼方《かなた》で煙とともに別の妖に姿を変えた。

「あいつ、獣の形をしていたな……」

気づいた京之介は、それが空に小さく消えてしまうまで、じっと凝視していた。

第五章　貸し切りの湯にふたりで

1.

谷の温泉区から戻った朝、疲れた凛子《りんこ》は、軽く食事をとり、大湯に浸かってさっぱりしてから、あとは泥のように眠った。本当に、何の夢も見ないほどに深く。

目が覚めると、陽が西に傾きはじめていた。

お仕着せに着替えた凛子は、始業前の空き時間に、京之介《きょうのすけ》を探した。話があるのだ。

四階の私室にはいなかったので白峰《しらみね》に尋ねると、茶室か離れで休憩でしょうと教えられた。

中庭に面した茶室の小間を覗《のぞ》くと、果たしてそこで彼が昼寝をしていた。

しっかりと寝入っているようで、気づかない。

凛子は履《は》きものを脱いで、なんとなく抜き足で近くに寄っていった。

そばに螺鈿《らでん》の美しい菓子器がある。宝石みたいな、色とりどりの琥珀《こはく》糖が入っている。

菓子を食べながら寝たらしい。

虫歯になるじゃないの、と思いつつ、凛子は京之介を眺める。

腕を枕に、横を向いて気持ちよさそうにすやすやと寝ている。京之介も、せっかく出向いた湯屋組合の会合先から抜け出してあのひと悶着《もんちゃく》だったから、疲れているのかもしれない。

白峰から聞かされたのだが、湯屋組合の会合はとても大切な集まりらしく、途中で退席するのは湯屋の威信を揺るがすほどで、よほど火急の事態に限られているのだという。

そうまでして助けてくれるなんて――。

黒羽織《くろばおり》を脱いだ単《ひとえ》姿なので、なんだか白い犬に見える。端整な寝顔は、どこかあどけない。さらりと腕にこぼれた色素の薄い髪。この髪がオサキ――実は犬神鼠《いぬがみねずみ》だったが――に変わったのを昨夜、見た。

もしかして、今まで凛子のそばにいてくれたオサキたちは、京之介が忍ばせたのだろうか。

凛子は、首元に視線を移した。

京之介はいつもこの和布を襟巻《スカーフ》みたいに巻いている。まるで首を隠すかのように。もう寒い季節でもないのに、どうしてなのだろう。もしかして首輪？　犬だけに？

この下はどうなっているのだろう。何か隠しているのではないか。たとえば、醜《みにく》い傷痕とかを？　傷痕ならいいが、口がもう一つ出てきたり、角が生えていたりしたらどうしよう。妖《あやかし》なのだから、ありえる。見ない方がいいのかもしれない。でも隠しているのだとしたら、よけいに見たい。

『鶴の恩返し』にあるように、異類婚姻は、見てはならないものを見ることで破綻《はたん》するケースが多い。べつにそれでかまわない。どうせ離縁《りえん》するんだもの。

怖いもの見たさの好奇心に駆られて、凛子は襟巻にそっと手を伸ばしかけた。

しかし、そこで京之介が目を覚ました。

「おはよう」

京之介が、目だけをこちらに向けて挨拶《あいさつ》してきた。寝起きの気だるそうな感じがない。もしかしたらとっくに気づいていたのかもしれない。

「ご、ごめんなさい、起こしちゃって」

凛子はばつが悪くなって、手を引っ込めた。

「凛子のよもぎ餅《もち》、なくなった。おかわり」

寝転がったまま、京之介が言った。ふだん湯屋で見る京之介とは違い、どこか寛《くつろ》いでいて、無防備な表情だ。

「いいけど。あんまり甘いものばかり食べていると病気になるよ、糖尿病とか」

妖に病があるのかどうか知らないが。

「そしたら凛子が看病してくれよ」

京之介は甘ったれたことを言いながら、懲《こ》りずに菓子器の中のきれいな薄紫色の琥珀糖をつまんで口に放り込み、

「またお願いに来たんだろう？　——今日は沙世《さよ》のことで」

凛子はどきりとした。

「……その通りよ」

あいかわらず嗅覚《きゆうかく》が鋭くて、いいような悪いような。

「沙世さん、明日の朝、黄泉《よみ》の国に渡るんだって」

今朝、鈴梅《すずうめ》からそう聞いたのだ。

「ああ、聞いているよ。もう、ここで残りの日を過ごす気はないそうだ」

京之介はゆっくりと半身を起こしながら言った。

昨夜のことに、責任を感じているのだろう。気になって部屋を覗いてみたのだが、うちひしがれたようすで、ただじっと窓越しに、三途《さんず》の河の方角を見つめていただけだった。

「沙世さんのために、私を人間の郷に行かせて」

凛子は京之介の目を見てきっぱりと申し出た。

「沙世のために、なぜ君が？」

ここまでは読めなかったようで、けげんそうに問う。

「沙世さんが片目を差し出し、罪を犯してまでも人間界に戻りたかった理由は、きっと自分の幼い娘が心配だからなの。目の病気がある子よ。だから娘さんが元気にしていると知れば、少しは安心して黄泉の国に渡れると思うのよ」

「それを確かめに行きたいと？」

「そう。亡くなってまだたったのひと月で、大して変化はないのかもしれないけれど……。それにハンカチのことも知りたいと言っていたの」

だれが棺桶《かんおけ》に入れたのか――。

「もし娘が無事ではなかったら？」

たしかに、小さな子のことだから、母を亡くしてどうなっているのか分からない。心を痛めて病にかかっているかもしれないし、毎日泣いているのかもしれない。彼女の場合、弱視の問題もある。

「それは……」

凛子は言葉につまった。そんな悪いことは考えたくない。

京之介は腕組みし、短く嘆息《たんそく》した。

「君はずいぶんなお人よしだな。沙世は君の命を売った相手だよ？」

「わかってるよ。でも、沙世さんだって、なにも好んで私を売ったわけじゃないわ」

死んでも死にきれないほどの、どうしようもない強い想いを抱えていたのだ。

「自分を裏切った相手のために、そこまでする義理はないよ」

京之介は否定的だ。ひと悶着起こしているのだから無理もないだろう。

「でも沙世さんを、あんなにも寂しい心のまま、黄泉に渡らせたくない。京之介さん、言ったじゃない。未練や悩み事があるなら、うちの風呂に浸かることでそれを解いて、気持ちよく黄泉の国へ渡って行かれるよう手伝うのが我々の仕事だって」

今日までここでやってこられたのは、沙世のおかげだ。沙世がいなかったら、毎晩、一緒にお風呂に浸かる相手もいなくて、きっともっと心細かった。

「私は、沙世さんと自分との縁《えにし》が、悪いものだったとは思いたくないの」

縁。

京之介がぴくりと片眉《かたまゆ》をあげた。縁という言葉に反応したらしい。

それは妖たちが、しばしば使う言葉だ。凛子も、この郷にいるうちに意識するようになった。

凛子は気持ちを理解してもらいたくて、じっと京之介を見つめ返した。今のまま別れたら、自分と沙世の縁は、きっと悪いもののまま終わってしまうだろう。それは嫌なのだ。

するとかれが、観念したように言った。

「君は昔から変わらないな。飼育小屋の掃除《そうじ》当番をやり続けたり、苦手なはずの従兄《いとこ》の失せ物探しにつきあったり……。そういうところ、嫌いではないんだが」

凛子ははたと聞きとがめる。

「従兄のこと、どうして知っているの？」

飼育小屋の掃除当番をやり続けたのも、従兄の失せ物探しを手伝ったのも事実だ。叔父《おじ》の家での出来事は、だれにも話していない。話せば、悲しみやつらさが明確な形になってしまう気がしてつらいから。だから当事者以外、誰も知らないはずなのに。

「ときどき、犬神鼠や小道具を使って気まぐれに見ていたんだ。人間の郷へ行ったことも何度かあるよ。君が、どんな娘に成長するか……、君の笑顔を見るのが俺の楽しみだったから」

十年間、ずっと見ていたのだと京之介は言う。

「そうだったの……」

ときどきあらわれて凛子を助けてくれたオサキは、やはり京之介の犬神鼠だったということだ。

凛子は、オサキに癒《いや》された遠い日々を思い出した。いつも、筆箱や鞄《かばん》の中から出てきて、話し相手になってくれた。母がいなくて悲しかったとき。従兄たちにいじめられて泣いていたとき。あのやわらかな被毛《ひもう》に顔を埋めて泣いた。母の代わりに、たくさんのぬくもりも与えてくれた。それがすべて、この妖が遣わしたもの――。

「協力してあげてもいいよ」

「ほんとうに?」

不意に告げられ、凛子は目をみひらいた。

「ただし君を人間の郷に行かせてはやらないけどね」

京之介はおだやかだが、きっぱりと言い切る。

「じゃ、どうやって……?」

「俺が君を見るときに使っていた、〈浮世《うきよ》覗き〉という、遠くからでも、その郷のことが手に取るようにわかる望遠鏡がある」

「浮世覗き……?」

「そう。沙世の娘のことも、それでここから見ることができるだろう」

人間界に帰してくれる気はさらさらないのだとわかったが、それでも懐《ふところ》の深さみたいなのを感じて、凜子の顔はほころんだ。

「ありがとう」

礼を言うと、彼も少しほほえんだ。

2.

日が暮れはじめていた。

凜子は、〈高天原《たかまがはら》〉御用達《ごようたし》の朧車《おぼろぐるま》に乗って京之介と河の区の温泉街に向かっていた。

浮世覗きは、薬屋の卯月《うづき》のところにあるのだという。

このまえ朧車に乗ったときは夜だったのでろくに景色も見えなかったが、日没前で明るかったので、凜子は御簾《みす》をあげて外の景色を眺めた。

「始業までに間に合うかな。今夜は、百目《ひゃくめ》様が白虎《びゃっこ》様を連れて再来店されるの」

「ああ、聞いているよ。君が湯守を担当するんだろう?」

「先日のは事故だったと百目様が白虎様を説得してくださって、もう一度来てもらえることになったから」

汚名をすすぐチャンスだと思い、名乗りを上げたのだ。

「我が湯屋のために、女将《おかみ》としてひと肌脱いでくれるんだね、凜子」

京之介が期待もあらわな目で見てくる。

「そんなんじゃないけど……。その本はなに？」

彼が、なにか分厚い帳面を持っていることに気づいた。

「これは死人台帳だよ。〈浮世覗き〉のピントを合わせるのに必要なんだ」

三途の河岸に立つ館に詰めている鬼から拝借してきたのだという。

帳面を開くと、その日に死亡した妖（人間も含む）の生年月日や住所や死因などが筆書きでずらりと記されていた。

「こんなものがあるのね」

「黄泉の国に仕える鬼たちが管理しているものだよ。表向きは、禁帯出だ」

「京之介さん、そんな人たちにも顔が利《き》くの？」

「袖《そで》の下が大好きな連中だから」

つまり金で融通《ゆうずう》してもらったというわけだ。

「〈浮世覗き〉では、沙世さんよりも、私が代わりに覗いたほうがいいよね？」

沙世に直接、娘の姿を見せてあげたいところだが、もしも幼い彼女になにかあった場合、不安が増すだけで逆効果になってしまう。

「ああ、そうだな。それで君の口から娘の無事を伝えてあげればいい」

京之介も、死人台帳を繰りながら頷《うなず》いた。

沙世の死因は交通事故だった。


河の温泉区の温泉街は、湯屋〈高天原〉から朧車で十分ほどのところにあった。

大路の両脇に、食べ物屋、居酒屋、呉服屋などのお店がずらりと軒《のき》をつらねていた。まだ開店前でどこも閉まっているが、夜になると多くの客で賑《にぎ》わうのだという。

朧車は大路に入るとゆっくりした速度で進み、やがて中心部の辻《つじ》でごとりと停車した。

「着いたよ」

京之介が言うので、凛子も御簾を下ろし、彼について朧車を降りた。

見ると角地に、横書きでわかりやすく『薬屋』と屋号の書かれた看板を掲げたお店があった。

間口は二間と、それほど広くはないが、ガラス窓越しに中を覗くと薬箪笥《くすりだんす》や生薬のつまった瓶《びん》が並んでいるのが見えた。

京之介と凛子がお店に入っていくと、卯月は足をどかりとカウンター奥の机の上に置いていて、「まいど〜」といつものダレた声で言った。客を迎える店主がとるべき態度ではないが、気にしないでおく。

「おまえら、夫婦そろって仲良くご来店かよ」

「現在、離婚調停中です」

「あははっ、早いな！」

凛子の言葉は、快活に笑いとばされた。

「〈浮世覗き〉を借りに来たんだ。ピント合わせも頼みたい」

「ああ、そいつは久しぶりだな。次はだれを覗くんだ？　嫁は隣にいるからもういいとして」

卯月がカウンターの下からごそごそと〈浮世覗き〉を取り出す。

「ほんとにここで私を覗いてたんだ、京之介さん……」

「盗聴もしてたよな」

卯月が笑った。音まで聞こえるらしい。

「しまいには自分でピント合わせられるようになったよ。すごいだろう」

京之介が誇らしげに言う。

「それ自慢するところなの？　人間界じゃ、覗きや盗聴は立派な犯罪なんですけど。京之介さんたら人を覗くわ攫《さら》うわで罪を犯してばかりの変態じゃないの」

凛子は卯月が取りだした〈浮世覗き〉を手にしてみた。竹筒《たけづつ》のような節のある木製の望遠鏡で、まさに覗き見仕様だ。オサキたちを通じて見守られるのはいいが、これで私生活を覗かれて、音まで聞かれていたとなるとなにやら微妙な心地になる。

「対象物の条件を書きだそう」

京之介がカウンターの隅にある紙と筆を手にして、死人台帳から、さらさらと必要な条件を抜き出して書きだす。ほどよく力強く、美しい字だ。

「そういや、頼まれてたもんがあがってきたぜ、ほれ」

卯月は思い出したように言って、カウンター下の引き出しから薄っぺらい紙を取り出し、京之介に渡した。地図のようなものが描いてあるが、ずいぶんと複雑で難解である。

「早かったな、礼を言うよ」

「土蜘蛛《つちぐも》のおっさん、今、湯畑リストラされて暇だから」

温泉郷内もなかなか世知辛《せちがら》いご時勢のようだ。

「それはなに?」

凛子が問うと、京之介が教えてくれた。

「〈裏道図〉だよ。郷《さと》同士が稀《まれ》に繋《つな》がることがあるんだ。いつ、どこで、どことどこがどう繋がるかはわからないんだが、土蜘蛛は長い間それを研究しているから、その道を先読みし、こうして記してくれる。旅に出たければ、これを使ったほうが移動は楽なんだよ。ただし、読みが外れることはあるし、高額な金が必要だが」

「またお金なのね」

どっちの世界もとにかく金、でげんなりしてしまう。地獄の沙汰《さた》も金次第というけれど、本当に金さえあれば、すべてのカタがつけられそうな気がしてきた。

「裏道は人間の郷にも通じている。俺が君を迎えに行ったときは、黄泉平坂《よもつひらさか》を下るのではなくこの裏道を使ったんだ。うちの〈玉響の湯〉が、しばしば人間の郷と繋がることがわかっていたからね」

「じゃあ、あの温泉に入れば私は人間界に帰れるということ？」

「土蜘蛛の記録によれば十年に一度、繋がるサイクルらしい。喜べ、凛子。次のチャンスは十年後だよ」

「え」

十年後なんかもう三十路《みそじ》ではないか。

「そんな年までここにいたくない……」と凛子は渋面《じゅうめん》をつくってひとりごちる。

卯月は、書き出された対象物の条件をもとに、蠟燭の炎に向けた〈浮世覗き〉の中を覗き込み、節を調節しはじめた。ピントを合わせるふうに節を少しずつずらしたり、戻したり、さながら望遠鏡を扱うかの如くの手つきだ。

待っているあいだ、京之介は、凛子にはさっぱり読み取れない〈裏地図〉をじっと見ている。

なぜ、土蜘蛛にそんなものを頼んだのだろう。旅にでも出掛けるのだろうか。それとも仕事で使うとか？　不思議に思いながらぼんやりと紙面を眺めていると、

「おおっと、来た来た」

卯月が、声をあげた。

「見えてきたぜ。このへんだな。このへん……ほら、来た、あった。内村《うちむら》って表札が」

卯月は九本の尻尾《しっぽ》を興奮気味にばたつかせる。大きいので迫力がある。

「本当に見つかったのね？」

凛子が問うと、卯月が〈浮世覗き〉から目元からはなし、そのまま慎重に凛子のほうに手渡してきた。

「このまま覗いてみろ。いきなり節を回すんじゃねーよ？　少しずらして見たいところを調節するんだ」

「わかったわ、ありがとう」

凛子は礼を言うと、どきどきしながら〈浮世覗き〉を覗いてみた。すると不思議なことに、ついさきほどまで不透明で何も見えなかったレンズが、きれいになって奥に景色を映している。

「どこかの住宅街だわ」

おそらく、先ほど台帳で見た沙世の住所の場所だろう。あちらも夕暮れどきだ。時間の流れはこちらとかわらないようだ。

懐かしい人間界の景色に、凛子はただならぬ郷愁《きょうしゅう》を覚えた。この温泉郷の、古都のような風情《ふぜい》のある景色も嫌いではないが、生まれ育った故郷の眺めはやはり安心する。

ピントは、とある住宅街の一軒家の前にぴたりと合わさっていた。表札の苗字《みょうじ》はたしかに内村だ。そばを雀《すずめ》が飛んでいったらしく、異様に大きな音量で、ちゅんちゅんと鳴き声が聞こえた。

家の窓から中を覗くと、女の子が見えた。一瞬、桃香《ももか》ちゃんかと思ったが、八歳にはとても見えない。背丈もあって、顔立ちも大人びていて、中学生くらいに見受けられた。

「おかしいわ。人違いかな」

凛子は見る位置やピントをずらしながらつぶやく。

「どうかしたかい？」

となりで見守っていた京之介が訊いてくる。

「女の子はいるけど、桃香ちゃんよりも年齢がずっと大きいの」

なぜだろう。沙世は、凛子の同情をひくために嘘をついていたのだろうか？

でも、凛子と出会った当初の沙世には、そんな嘘をつく必要などなかったはずだ。

凛子は部屋の中にピントを合わせてみた。きれいに片付いた部屋だ。薄ピンクの絨毯《じゅうたん》に、おそろいの色目のカーテン。白いデスクやチェストなどがある。

「別人じゃねーの？　実は、姉がいたとか」

「そんなことは言っていなかったわ。それに名前が同じ……」

なにかのコンテストでとったらしい賞状が額縁に入れて飾ってある。美術の部。名前が内村桃香とある。本人はくつろいだ様子でベッドに寝転がり、漫画を読みはじめた。

確かにこの子は、沙世の娘の桃香ちゃんなのだ。

「ん？」

ふと、チェストの上に、沙世が持っていた刺繍《ししゅう》のハンカチによく似たものが何枚かあるのを見つけた。その横の籠《かご》には、刺繍枠《わく》にはめられたままの刺しかけのものもある。

「どういうことなの……？」

凛子は京之介にもそのハンカチを覗き見てもらった。

「たしかに、沙世が持っていたのと似ているな」

「あのハンカチの刺繍は、この子が刺したものだったのよ」

おそらくこの子の趣味で、この子が作り、沙世が死んだときに棺桶《かんおけ》に入れた。

「だが、年齢が合わない。沙世の子は、弱視で手のかかるまだ八歳の幼女なんだろう?」

「そうだよね……」

いったい、どういうことなのか。

凛子は人違いではないかしらなどと、今更ながらに死人台帳を捲《めく》ってみる。

もう一度、一から卯月にピント合わせをしてもらっても、やはりおなじ家と少女が見えた。沙世が亡くなったのは、今から五週間前で、これも湯屋の前で倒れていた時期と一致している。あの少女は、間違いなく娘の桃香ちゃんなのだ。

その後、謎が解けないまま三人であああだこうだと原因を突き止めようと話し込み、しかし解決しないので、もうあきらめようと凛子が浮世覗きを手放しかけたそのとき。

ふと、桃香の机の上のスマホが鳴った。

彼女はスマホを手にすると、相手と何事か話し始めた。

「うーん、音が聞こえない。もうちょっと大きく」

ぼそぼそと喋《しゃべ》り声は聞こえるのだが、くぐもっていてよく聞き取れない。

「おまえも立派な盗聴犯だな」

卯月が笑いながら、浮世覗きの先端を少し回して調節してくれる。

遠かった音が、鮮明に聞こえるようになった。

――今は、静物とか石膏《せっこう》デッサンに時間を増やしています。みんな、市美展狙って……、142点くらいあったと思います。……そうですね。自由制作ならそれも考えたいです。

久しぶりに、目上の人に近況を話しているという印象だ。

賞状も飾られていることだし、桃香ちゃんは美術部にでも所属しているようだ。

凛子にはよくわからない人についての世間話を挟んで、その後、会話は意外なほうへと流れていった。

声は明るいが、表情は少し寂しげだった。それでも、なにかふっきれたようなすがすがしさも感じられる。

会話は、「また、この次に参加します」という返事と、別れの挨拶《あいさつ》で終わった。

凛子は〈浮世覗き〉を覗くのを中断すると、もう一度、死人台帳にある沙世の欄《らん》を調べてみた。

胸がどきどきしていた。沙世の死因は交通事故。そしてこの会話を聞いて、凛子の中で、娘の年齢が合わないという奇妙な現象への謎が解けたのだ。

「わかったよ、なぜこんなことが起きたのか！」

凛子が声を弾ませて言うと、同じように台帳を眺めていた京之介と卯月は、興味津々《しんしん》にこちらに注目した。

3.

茶室に併設された湯殿〈庵《いおり》の湯〉は檜《ひのき》造りの半露天風呂だ。

外側に面した部分には、竹垣《たけがき》で囲まれた坪庭《つぼにわ》が設《しつら》えられている。

ふだんは中庭の大湯から引き湯しているが、この日は白虎と百目をもてなすために、特別に、真湯（沸かし湯のこと）を湯船に張らせてもらった。

白虎と百目は、もとは酒飲み仲間だと聞いたので、酒が好きなふたりのために、四合杯ほどの純米吟醸《じゅんまいぎんじょう》と、八〇グラムほどの艾葉《がいよう》（よもぎを乾燥させたもの）の煎汁《せんじゅう》を混ぜた。

純米酒とよもぎの香り湯だ。

純米吟醸は、この前、百爺《もんじい》がお土産《みやげ》に買ってきてくれたものを使用した。百爺のように、酒の量の濃い危険でマニアックな酒風呂ではなく、凛子が家の風呂でときどきやったように、真湯に少し混ぜただけだ。日本酒の風呂は、天然の米ぬかエキスが効いて、肌が潤う。湯殿には、よもぎ独特の香りがそこはかとなく漂っている。ほのかに、酒のまろやかな香りと檜の香りにも鼻孔《びこう》をくすぐられる。

よもぎは昔から万能薬として知られている。葉に含まれる精油成分には心を安定させる効果があり、よく眠れるのだという。

香りを楽しみながらゆっくり浸かってもらいたいので、ぬるめの湯にしておいた。

百目と白虎は、茶室で鈴梅が点《た》てたお茶を飲み、凛子が作ったよもぎ餅《もち》を食べてから、風呂に入った。

しばらくしてから、どんな具合か、浴室の戸の隙間《すきま》から様子を見てみた。

今夜の白虎は、紳士的に人型に化けている。鬢《びん》に白いものが混じり始めた、気品と貫録《かんろく》のあるおじさんだ。このまえは逆上したために獣姿だったが、ふだんは人型であることが多いのだという。

ふたりは檜の縁に背をあずけ、坪庭を眺めながら、まったりと寛《くつろ》いでいた。今回は、気に入ってもらえたようだ。

「いい感じだべな」

小声で鈴梅が言い、凜子は「そうだね」と笑った。ところが、

「そこな娘、老いぼれの覗き見が趣味なのか」

白虎に気づかれ、凜子はびくりとした。坪庭を向いているはずなのに、一体どこに目がついているのだ。

白虎がこちらを振り返り、「来い」と命じてきたので、凜子はおずおずと浴場に入っていった。

「ようこそ白虎様、百目様。お湯加減はいかがですか？」

洗い場の敷石に膝をつき、緊張しつつ、精一杯に愛想よく挨拶をする。

「この前の人間の小娘だな。今夜もおぬしが湯守か？」

白虎がぎろりと凜子を睨《にら》みつけてくる。いや、こういう強面《こわもて》なのかもしれない。

「今日もいい湯なんだな」

百目が隣でのんびりと言った。

「はい、今夜は純米酒と蓬のお風呂です」

「うむ。ぬるめの湯だが、なかなかよいわ。……百目のやつが、人の子が入れたという湯にぜひもう一度浸かれとうるさいので、こうして来てみたところよ」

強面がいくらかゆるんだ。

「ありがとうございます。その節は大変ご迷惑をおかけしました」

凛子がそう言って頭を下げにかかると、

「ああ、それなのだがな。翌日、おぬしのせいではなかったのだと三代目から聞かされた」

白虎は濡れた手で、自分のおでこを撫《な》でながら言った。

「京之介さんから？」

そういえば、湯屋のみなにも凛子の無実を伝えてくれたと聞いた。

「結果的に、おぬしのおかげで儂《わし》の倅《せがれ》が命拾いしたので、感謝しているのだ」

「倅？」

凛子は話がわからなくて首を傾《かし》げてばかりだ。すると、隣の百目が教えてくれた。

「事件の翌日、行方《ゆくえ》不明だった白虎殿の倅が、奉行所に帰ってきたんだな」

行方不明の倅――たしか、かわら版にそんなニュースがあったとか卯月が言っていたような気がする。

「儂の倅は、闇の湯屋にガサ入れで乗り込んでいったまま行方知れずになっていたのだ。なんでも、小鳥に姿を変える呪詛《じゅそ》をかけられ、瀕死《ひんし》の状態であったそうだ。そこへおぬしがあらわれ、呪術を解いて助けてくれたとか」

小鳥と聞いて思い出されるのは、縞《しま》ヒヨコのことだ。

「……呪術を解いたのはわからないけど、たしかに口を縫《ぬ》われていた小鳥を助けました。すごく小さい子よ。あれ、白虎様の息子さんだったんですか？」

そういえば、空に飛んで行った縞ヒヨコを京之介がいつまでも見ていた。

「そうよ。呪術をかけられてその姿よ。もしもおぬしがおらなんだら、そのまま犬死にするところだったという話だ」

「そうだったのですか……」

あの縞ヒヨコは、外から来たのではなく、あの湯屋内で呪いをかけられ、逃げようとしていたところだったということだ。まさか、白虎ほどの大きな妖が、あんな小さな鳥に姿を変えられていたとは。

「今宵《こよい》はその礼も言いたくて来たのだ、このような巡り合わせはそうそうあるものでもない。おぬしとはなにか良き縁《えにし》があるようだ」

「縁……？」

京之介とおなじ言葉を使う。

「さよう。聞けばおぬしは三代目の花嫁御寮とか」

白虎の厳《いか》めしい感じのする金色の眼がじっと凛子を見つめる。この目は、獣姿だったときと変わらない。

「はあ、成り行きでそうなっているだけですけれど……」

そのうち離縁《りえん》します、とまでは言えないので言葉を濁《にご》す。

「ふむ。万事は縁で結ばれている。おぬしのように良き因縁《いんねん》に恵まれやすい嫁御寮を迎えたのであれば三代目の行く末は安泰であろう。儂もしばし、この湯屋〈高天原〉を贔屓《ひいき》にするとしようぞ」

そう言って白虎は、鋭い目をゆるめてにっと笑ってくれた。

嫁になったつもりはさらさらないのだが、汚名返上には成功したようだ。

「ありがとうございます、白虎様」

凛子はうれしくなって、満面の笑みで頭を下げたのだった。


凛子は、湯あがりの白虎と百目を湯屋の入り口から見送った。

もう東の空が白み、夜が明けはじめていた。

館内に戻ると、番台の白峰が声をかけてきた。

「うまく切り抜けましたね、お凛殿。あれほどの大物に贔屓にしてもらえるとなれば、

〈高天原〉の格もいっそう上がり、客入りもよくなる。これは非常に誉《ほま》れ高いことです」

めずらしく柔和《にゅうわ》な表情に、凛子はぎょっとした。

「白峰さんも素直に褒めてくれることあるのね」

「手柄を立てればきちんと評価しますよ。お疲れでしょうから、今夜はここであがりなさい。丸一日、暇を与えます」

「いいの？」

そういえば、暇を貰《もら》うのははじめてだ。

「旦那様《だんなさま》からもそう命じられていますので。温泉郷へ来て七日。そろそろ疲れが出るころです。ゆっくりと骨休めしてください」

「白峰さんが優しいとなんだか気持ち悪いわね」

「明後日の夜からまたビシバシ酷使《こくし》するつもりですからご心配なく」

きらりと隻眼《せきがん》を光らせて言われてしまった。こりゃ、これまで以上にこき使われそうだ。

が、

「その前に、ちょっといい？　もうひとつだけ、京之介さんにも伝えてほしい我儘《わがまま》なお願いがあるのよ」

凛子は腰を低くして、白峰に相談をはじめた。

4.

仕事を終えたあと、ようやくまかないを食べ終えた凛子は、四階にある貸し切りの展望露天風呂〈月見の湯〉に向かった。

〈月見の湯〉は、北と南側の壁が抜かれ、親柱と高欄《こうらん》が廻るのみの外構空間になっているので、温泉郷の景色が一望できる。手すりの途中までは御簾《みす》が下りて、とても雅《みやび》な趣《おもむき》だ。

湯槽《ゆぶね》は丸みのある岩に取り囲まれた岩風呂で、四畳《じょう》半の広さだった。

脇には凛子の腰の高さほどの大ぶりの壺《つぼ》がふたつ飾られている。昨夜は、牛鬼の夫婦が入りに来たので、この壺には見たことのない五色の異界の花が生けられていた。

湯殿にはすでに先客がいた。沙世である。

沙世は昨夜、宿舎の私室で目を覚まして以降、部屋から一歩も出ず、とりわけ凛子と会うのをかたくなに拒《こば》んでいた。合わせる顔がないのだろう。

残り、まだ十四日間は温泉郷にいられるのに、今朝、黄泉の国に発《た》つことも心に決めている。おそらく良心の呵責《かしゃく》から、ここを去る決意をしたのだ。

「凛子ちゃん……」

湯帷子《ゆかたびら》を着た凛子が引き戸をあけて湯殿に入ってくると、ふりかえった沙世は目をみはった。

「わたしも入ろうと思って」

凛子は、沙世の動揺《どうよう》はあえて無視して、堂々と湯槽に足を入れた。

湯水からは、涼やかなラベンダーの香りがそこはかとなく漂っていた。

「ああ、いい香り〜」

湯槽に浸かると、凛子はドライハーブの詰まった晒《さら》し木綿《もめん》の袋を手にし、湯気に混じって立ちのぼるかぐわしい香りを胸いっぱいに吸い込んだ。

「今朝のお風呂はドライハーブの湯ですよ。実は、わたしがたてたんです」

凛子は隣で固まってしまった沙世に、ほほえみかけながら告げた。

白峰にこの湯殿を使う許しをもらい、京之介の口から沙世に入浴を勧めてもらったのだ。

黄泉に渡る前に、ひと風呂浴びて行けと。

「そうだったの……?」

沙世はぎこちない表情のまま、驚く。

「はい」

いったん湯を落とし、きれいに掃除《そうじ》してから、またお湯を張り、そこにはちみつとドライハーブを入れた。仕事を終えたあとに、また手間をかけてひと風呂沸かすなんて、と皆に呆《あき》れられたが、どうしても沙世と入りたかったのだ。

「ドライハーブはラベンダーとローズマリーです。そこにはちみつを加えて」

ローズマリーは例の、山に自生していたものを積極的に消費した。ラベンダーは卯月から受け取ったものに精油を適量加えた。なんとなく、沙世にはラベンダーの香りが似合うと思った。

「はちみつも溶け込んでいるの……？」

興味をもったのか、沙世が手のひらで掬《すく》った湯水に鼻をよせる。

「そうです。もともと薬部屋にあった天然のはちみつに、ラベンダーのアロマオイルを足したバスハニーですよ。お肌つるつるになります」

「アロマオイルもそろっていたの？」

「いいえ。薬屋のお店にパソコンがあって、そこからネットショップで取り寄せができたので。ラベンダーの香りは落ち込んだ気持ちを癒《いや》してくれるから、この湯屋で働き続けるには絶対に必要だなと思って頼んだんです」

凛子は苦笑しながら言う。

「あっちの郷のものが届くなんて、不思議ね」

沙世はかすかにほほえんで言った。

ひさしぶりに沙世の笑顔を見たような気がして、凜子はほっとした。

「ここからの眺めはきれいですね……」

風呂の岩肌にそっともたれた凜子は、欄干《らんかん》の向こうの朝の温泉郷を遠く眺めながらつぶやいた。湯けむりの立ちのぼる、どこか懐かしいような、悠久《ゆうきゅう》の古都といった風情《ふぜい》の眺めが広がっている。まだ営業している湯屋があるのか、煙突から煙を出しているところもある。

「百爺に言わせると、こういう高いところにある展望の風呂は邪道だそうですよ」

凜子が少し笑いながら言うと、

「どうして……?」

沙世が首を傾《かし》げる。

「温泉は、本来は地上に湧き出るものだから、源泉より低い位置にあって、自然に下に流れる形で湯口から湯槽へ注ぎ込まれるものが理想なんだそうです。機械の力で送湯されたお湯は、混ぜられて酸化することで湯質が劣化してしまうから。だから浴場は一階か、地階など低い場所に造られるべきなんだって言ってました」

人間界でも多くの温泉が、地中から引き揚げて貯湯タンクに溜めた湯水を、配湯管によって送湯しているだけなのだという。

「でも、こうやっていい眺めのところでお風呂に入ると気持ちいいですよね」

凛子は、朝靄《あさもや》のたちこめる温泉郷を眺めながらしみじみと言う。

高みから、美しい景色を眺めていると、小さいことなどどうでもよくなる。

でも今朝だけは、なにか物悲しい感じが拭《ぬぐ》い去れないのだけれど。

それから、なんとなく話す言葉が出てこなくなってしまってドライハーブの袋を揉《も》んでいると、

「凛子ちゃん、どうしてこんなこと」

沙世が、ぽつりと言った。

「私のこと、許せないはずでしょう……?」

どこか痛みをこらえるような目で、こちらを見ている。

ふたりのあいだに、ふたたび気づまりな空気が戻ってきた。

許すとは、どういうことなのだろう。凛子はハーブの袋を手放し、温泉郷のほうに視線を投げて考えた。

あの雪国で、凛子をいじめた従兄《いとこ》たちのうち、兄の方は凛子が一人暮らしを始めるよりも早く家を出た。大学に通うために地方都市へ出て行ったのだ。そのころにはもう、従兄

たちも分別《ふんべつ》のある年頃になっていたから、凛子に子供じみた嫌がらせをしてくることはなかった。ただ、幼いころの仕打ちは互いの胸にしこりのように残っていたから、ほとんど口をきくこともなく、冷ややかな関係が続いていたのだが。

兄は家を出るとき、あの雪の日に物置に閉じ込めたことを謝ってきた。日々の些細《ささい》な嫌がらせのことも含めて謝罪したつもりなのだろう。彼らにとっても、あの物置小屋の出来事は、凛子を傷めつけた日々の象徴だった。

いまさら遅い。そう思っただけで、ほかにはなんの感慨《かんがい》もなかった。決して許したわけではなかったが、凛子は無言で頷《うなず》いた。一生許さないと思っていたが、いざ謝られると、彼らなどどうでもよくなっていることに気づかされた。

あの雪国の家を出て二年。年月を経て、彼らに対して、そして彼らに追いつめられた自分に対しても、無関心になることができたのだ。

弟のほうは、最後まで謝らなかった。人として恥ずかしくて格好がつかず、謝ることなどできなかったのだろう。

彼らのことは、決して許したわけではない。けれども、当時たしかにあったはずの怒りや憎しみの感情は薄れて風化している。もうどうでもいいのだ。

どうでもいいと思うことは、もしかしたら、彼らを許すのに限りなく近い状態になるのかもしれない。負の感情が別のなにかに変わる、その時を迎えられたのなら――。

凛子は、沙世があの夜にはたらいた裏切りについては、もうどうでもよかった。

「沙世さんは、桃香ちゃんのことが心配だったから、生き返りたかったんですよね？」

だしぬけに、凛子は問い返す。今朝は、この話をするつもりで風呂に誘った。

「そうね。一番の理由はそれかもしれない……」

沙世は目を伏せたまま、またぽつりと言う。

「私、沙世さんの代わりに、桃香ちゃんのことを見てきました」

凛子が言うと、沙世は目を丸くした。

「どうやって……？」

「秘密の道具があるんです。それで、桃香ちゃんを見たら、元気でした。とても元気な中学生の女の子」

「え？」

「沙世さんが持っていた、花の刺繍《ししゅう》のハンカチ、あれ、桃香ちゃんが縫《ぬ》ったものなんです。彼女が棺桶《かんおけ》に入れて、沙世さんに持たせたんですよ」

沙世はいぶかしげな顔をする。

「桃香に、そんなことができるはずないわ」

彼女の中で、桃香ちゃんはまだ八歳の女児だ。

「私も、どうしてこんなことが起きてるのか不思議でした。でも偶然に、桃香ちゃんがスマホで話しているのを聞いてわかったんです。沙世さんは、買い物に出掛けてこの郷に来たとおっしゃった。今は、ご自分は事故死でもしたのだとお考えでしょう?」

「……ええ、おそらくそうだと」

「その通りでした。沙世さんは、事故死だったんです。でも、すぐに亡くなったわけではありません。事故が起きたのは六年前、それからずっと昏睡《こんすい》状態で眠っていました」

沙世は驚きに目をみひらく。

「昏睡状態……? 六年も……?」

「そう。目が覚めないままでした。六、七年というのはざらです。長いケースでは、十五年というのもあるみたいです。あのハンカチは、その間に成長した桃香ちゃんが、沙世さんのために作ったものだったの。そして亡くなってしまったときに、副葬品として棺桶に入れたんです」

沙世の死因は交通事故。でも、事故による昏睡状態で六年間眠っていたために、その間の記憶がなく、娘の年齢などの認識にズレがあったのだ。

「だからあのハンカチは桃香ちゃんが縫ったものです。桃香ちゃんは、六年のあいだに弱視も治って、あんなにもきれいな刺繍ができる子になったんですよ」

桃香ちゃんはきっと、母がいつか目を覚ましてくれることを祈ってあのハンカチを縫った。ぼやけていた世界が、母が望んだとおりに、鮮明に見えるようになったことを伝えるために。

色とりどりの、美しい花の図案。繊細《せんさい》な刺繍の数々。あれらが、彼女の目が見えるようになったまぎれもない証《あかし》だ。

「だからもう、沙世さんはなにも心配しなくて大丈夫です」

凜子は励《はげ》ますように告げた。

話し終えると身体《からだ》がぽかぽかとして、もう長風呂はできない状態になっていた。

沙世は言葉もなく、ただこちらを見ている。にわかには信じられないかもしれない。実際に、彼女を見たわけでもない。

けれど沙世は、ゆっくりと時間をかけて、凜子のむこうに、成長した桃香ちゃんを見るようなおぼろげな目になっていった。そして、

「ハンカチを、もう一度よく見てみなくちゃ……」

そう言って、はかなげにほほえんだのだった。

湯から上がると、その朝、沙世は宣言通りにこの湯屋を発《た》った。

彼女は、京之介から渡された、ここに来たときに身に着けていたという服を着ていた。

それは、白い死装束《しにしようぞく》だった。

凛子は、京之介と鈴梅の三人で彼女を三途の河岸まで見送った。

橋のたもとまでくると、彼女は凛子たちを振り返り、それぞれに世話になった礼を言った。最後に凛子を見た彼女は、

「凛子ちゃん、今朝のお風呂、いい湯だったわ。ありがとう」

沙世は凛子の手のひらに、懐紙《かいし》に包んだ銀貨を握らせた。

「三途の河の渡し賃は六文でいいそうだから、あとは凛子ちゃんにあげる。少ないけど、今朝の入浴代よ」

このひと月半、沙世が湯屋で働いて得たお給金だという。

「ありがとう、沙世さん」

凛子は顔をほころばせた。なにか、ほかにも伝えるべきことがあるような気がするのに、うまく言葉にはならなかった。

もう二度と会えないと分かっている人との別れは、いつかまた会える人との別れとはまったく違う。たとえ二度と会わないにしても、生きてさえいれば、いつかどこかで会えるという希望がある。けれど死んでしまったらもう――。

凛子は人生で、ただ一度だけ、その別れを経験した。母を亡くしたときだ。あの途方もない悲しみと、気の遠くなるような寂しさ。

鼻の奥が、つんと痛くなった。この別れもまた、母のときとおなじ永遠の別れだ。

ほんの短い間だったのに、嫌な思いもしたはずなのに。

でも今、沙世と自分の繋《つな》がりが、悪いものだったとは思わない。凛子にとってはこの郷に馴染《なじ》むための。そして沙世にとっては娘の無事を知るためのささやかな縁《えにし》――。

「凛子ちゃん、桃香のこと、ほんとうにありがとう」

沙世はもう一度、礼を言った。そして、

「さよなら」

最後の挨拶《あいさつ》をする。安らかな、とても美しい笑みを浮かべて。

「沙世さん……」

凛子は引き留めたくなって、つい名を呼んでしまう。

けれど、彼女はゆっくりと踵《きびす》を返し、橋に足を踏み入れる。

黄泉の国と、浮世を隔《へだ》てる大河に懸《か》かった無数の大きな橋のうちのひとつに。

みな、ああして河を渡る。産まれた赤子がすぐに産声《うぶごえ》を上げることを知っているように、死人の足は黄泉の国に向かうのだという。

今朝、湯あがりに、黄泉に渡るのは怖くないのかと訊いた。

もう怖くないよと彼女は言った。

たとえば大地に降り注いだ水が、やがて蒸発し、大気に溶けて雲となり、ふたたび雨に変わって地に降り注ぐように、命あるものすべては、輪廻《りんね》の巡りの中にいる。だから怖くなどないのだ。いつかまた、どこかでなにかに生まれ変わることができると、みんな知っているから。

さようなら。

潤む瞳で、凛子はその細い後ろ姿に母をかさねて見送った。

沙世はほどなく、深い朝霧の向こうに消えて見えなくなった。

終章

沙世《さよ》を見送った日、夕刻に目を覚ました凛子《りんこ》は、釜場《かまば》の向かいにある詰め所に行った。これまでに貯めたお金を、金庫にあずけさせてもらうためだ。

就業前なので、まだ番頭の白峰《しらみね》と、金庫番ののっぺらぼうの男しかいなかった。

がらんとした詰め所内で、凛子がその金庫番にお金を渡していると、京之介《きょうのすけ》がふらりとあらわれた。

「いくら貯まったんだい？」

彼が訊いてくる。

「二両と四十文よ」

浴客からもらったおひねりと、沙世からもらった彼女のお給金をあわせると、それだけになった。凛子が答えると、京之介は、ははっと笑った。

「四十両にはまだまだ足りないね、離縁《りえん》はあきらめて俺の嫁のままでいれば」

「そうはいかないわ。まだ二十歳《はたち》なのに、結婚なんかしたくない。……今度こそ本気で逃げ出してやろうかしら」

凛子が小声でつぶやくと、そばで聞いていた白峰が薄笑いを浮かべて言った。

「大歓迎です。しかし、旦那様《だんなさま》が遣わした犬神鼠《いぬがみねずみ》に地の果てまで追われることになりますがよろしいか？」

「……よろしくありません」

成婚の杯の効力のことも忘れていた。裏切った時点で、酒の成分が魔物と化して臓腑《ぞうふ》を喰らいつくされることになるとか――。

「今日は暇だろう。俺につきあってくれないか？」

京之介が、めずらしく誘ってきた。

「なにをするの？」

仕事関係のことでもするのかと思っていたのだが、

「君が喜ぶところへ連れて行ってあげよう」

京之介はなんだか遠足を控えた子供みたいな嬉しそうな顔をしている。

「温泉？　でも、闇の湯屋みたいのはもう御免よ」

「危険なところには連れて行かないつもりだ」

「いいよ。休みを貰《もら》ったから、なにしようかって考えていたところだったの」

凛子はさっそく支度《したく》にとりかかった。


「旦那様と初デートだな！」

出掛けることを伝えると、同室の鈴梅《すずうめ》が興奮気味に言ってきた。

「そんなんじゃないわ。もしかして知らない場所に連れていかれて、骨の髄《ずい》まで喰われてしまうのかもしれないいんだから」

凛子は人間界から来たときに来ていた私服に着替えながら言う。

「まさか、旦那様がそんなことするわけないべ」

「冗談よ」

絹狸たちと違って、京之介が自分を危険な目に遭《あ》わせるとは思えない。はじめはそんな印象しかなかったけれど、今は確信をもって言える。たった七日間しか過ごしていないのに不思議なことだ。

「あたしのよそ行きの着物を貸してあげようか？　いっぱいあるだよ？」

鈴梅が勧めてくれるが、

「いいの、久しぶりに洋服を着ようと思って」

着物はやはり、まだ慣れないので疲れるのだ。休日は楽な格好で過ごしたい。

鈴梅に髪をきれいに結ってもらい、魔除《まよ》けのために、帯飾りをそこに簪《かんざし》風に挿してもらった。

「髪につけてもかわいいね」

姿見で確かめてみると、意外としっくりと馴染《なじ》んでいる。

「旦那様は趣味がいいからな」

鈴梅は、よりきれいに見えるように、少し帯飾りの向きを変えてくれた。

「いつも、手伝ってくれてありがとうね、鈴梅」

鈴梅には、ここへ来てから世話になりっぱなしだ。

「楽しんでくるだよ。帰ってきたら、くわしく話聞かせてもらうから」

鈴梅は、にこりと笑って送り出してくれた。


湯屋の外へ出て行くと、京之介はまだいなかったが、〈高天原《たかまがはら》〉御用達《ごようたし》の朧車《おぼろぐるま》が「乗りな」と声を出して勧めてくれるので先に乗って待っていた。

ほどなく、京之介がやってきて、朧車と何事か話してから「おまたせ」と言って乗りこんできた。彼は、いつもとおなじ白練《しろねり》の単衣《ひとえ》に黒羽織《くろばおり》姿だった。首にはやはり、襦袢《じゅばん》と揃《そろ》いの朱赤の飾り布を巻いている。

今日、この布のことを聞いてみようかな。教えてくれないなら、強引にとってしまうのもいいかもしれない、などと凜子は内心、ひそかに考えた。

朧車が向かったのは、温泉街の方角だった。特に急いでいるふうでもない、中くらいの速度だ。

「どこへ行くの？」

行き先が気になって、凜子が御簾《みす》を上げかけると、

「見てはだめだよ。着いてからのお楽しみだ」

隣に座っていた京之介が制した。たしかに、そのほうが感動は大きいかもしれない。凜子はおとなしく御簾から手をひいた。

「湯屋の暮らしには慣れたか？」

京之介がくつろいだ表情で訊いてくる。

「まあまあよ。毎日あわただしいし、怖い思いもするけれど、いろいろ勉強になってる」

なにせ、相手は妖《あやかし》ばかりだ。

「まだ、帰りたいと思うかい？」

「思うよ。だって、なにかあっちでやらなきゃいけないことがあるし。でも、こっちでやってみたいこともあるの。もっといろんなお客さんに私のたてた薬湯に浸かってもらいたいし、私もいろんな温泉に浸かってみたいし。どのみち手切れ金をためなきゃ。ただでは離縁してくれないんでしょう？」

「そうだな」

京之介はいつも通りに頷《うなず》く。この意思ははじめから一貫して変わらない。困ったものだ。

「でも、ありがとう。ここへ来て、元気が出たの」

以前のような投げやりな気持ちがなくなって、働く喜びみたいなものも取り戻せた。この温泉郷で働くのも悪くないなと、少しだけ思いはじめている。温泉に入って命の洗濯《せんたく》しつつ、しばらく頑張るか、と思えるほどには。

京之介の視線が、ふと凛子の左手首に下りた。

「ずっと後悔《こうかい》していたんだ。その目印をつけたときのことを」

後悔と聞いて、凛子はなぜかどきりとした。

彼が約束についてをどう思っているのか、実は少し気になっていた。

「それは、どうして……。私が期待していたような娘に育たなかったから……？」

問い返す声が、少し硬くなる。

「ちがう。もっと早く迎えに行くべきだったと、悔《く》やんでいたんだ」

「え？」

「母上を亡くしたあと、引き取られた親族の家で過ごす君には笑顔が見られず、……つまり、あまり幸せそうではなかった。だから、もっと早くこの郷に攫《さら》ってしまえばよかったと、君がつらそうにしているのを見るたびに悔やんだ。この郷に来れば、少なくともあの家にいるよりは、君を笑顔にしてやれただろうから」

凜子は胸をつかれた。あの雪国の寒さと孤独の中で、こんなふうに自分のことを考えてくれた相手がいたとは――。

「だが、もう大丈夫そうだ。君は、俺が想像していたよりもずっと逞《たくま》しくて、この湯屋でも、あっという間に居場所をつくった。君自身の縁《えにし》の力のおかげだろう」

「縁の……？」

この温泉郷で、何度も耳にした言葉だ。

「縁には良いものと悪いものがある。どの縁を結び、どの縁を絶つかは、みずからの裁量にかかっている。君にはそれを見極める力と、悪縁を良いものに変えられる徳がそなわっている。沙世や、白虎《びゃっこ》との関わりを見てそう思った」

「そうなの……?」

「ああ、だからこの先も、大丈夫だ」

期待と安堵《あんど》をたたえた目をして京之介は言い切る。

彼がどういう意図でこんなことを言うのか、このときはわからなかったけれど。

凛子はそっと背中を押されたような心地になって、顔をほころばせた。

かつては心のどこかで、自分はなぜ悪いめぐりあわせばかりなのだと嘆《なげ》いていた時期もあった。でも今ならそれさえも、何かを学ぶための、ひとつの経験だったのだと思うことができる。

「これを食べてごらん。卯月《うづき》に貰《もら》ったお菓子なんだ」

京之介が袂《たもと》から小さな懐紙《かいし》の包みを取り出し、ひろげた。

中から水色の飴玉《あめだま》がひとつ出てきた。

「今は、私、べつに寂しくないわよ?」

沙世がいなくなっても、わりと平気だ。

「それは、夫の俺がそばにいるからか?」

冗談めかして言いながら、京之介が口元に飴玉をもってきた。

そうかもしれない。京之介がいると、なんだか安心できる。だってこの男の気配は、オサキたちとおなじなんだもの。でも、そんなことを思ったら、また気持ちを嗅《か》ぎ取られてしまうかもしれない。それはなんだか悔しいので、ばれないうちに口をあけ、彼が入れようとする飴玉を食べた。

「おいしい。小さいころに食べたラムネ飴みたいな味がする……」

懐かしい味だ。舌の上でころがすと、発泡《はっぽう》性があって、しゅわっと泡《あわ》が立った。甘く、すっきりとした味わいの飴玉だ。

「どうして、甘いものをくれるの……？」

足湯をしていたときは、寂しさを紛《まぎ》らわすためだったけれど。

「君がそうやって、おいしそうにお菓子を食べたり、犬神鼠たちと戯《たわむ》れて笑う姿を見るのが俺の楽しみのひとつだったんだ」

京之介は淡い笑みを浮かべて言う。

少し前にも言っていた。君の笑顔を見るのが楽しみだったと——。

「京之介さん、どうしたの……？」

違和感をおぼえ、凛子は問う。なぜだろう。もうこれでお終《しま》いみたいな。どこかもの寂しげなまなざしは、足湯に浸かりながら垣間見《かいまみ》た表情とかさなる。

けれど、同時に、くらりと強い睡魔に襲われた。

「あれ、おかしいな……」

凛子は重くなってきた瞼《まぶた》をこする。たくさん寝たのに、疲れているのだろうか。いや違う、これはめまいのような奇妙な眠気だ。

「なんだか……めまいみたいなのがする……」

凛子はにわかに酩酊《めいてい》したようになり、心もとなくなってきた。均衡が保てなくなり、すがるように京之介の肩にもたれかかる。

「大丈夫だ。少し眠るだけだから」

京之介が優しい声で言いながら、幼子をあやすように凛子の体を抱き寄せてくれる。そうなることを知っていたかのように。

もしや、この飴のせいだろうか。卯月がくれたということは、ただの飴ではないかもしれない。しまった、気づくのが遅かった。

けれど、京之介の胸は、ひどく懐かしい感じがした。幼いころ、たくさんのオサキを腕に抱いて眠っているときみたいに。心地よくて、あたたかくて、安心できる。

「きょうの……すけ……さん……」

どうして眠らなければならないの。

けれど、問う言葉は、声にならない。吐息とともに虚空に溶けてしまうだけだ。

京之介の手が、凜子の左の手首にふれる。そこは、十年前、京之介が嚙《か》み痕を残したところ。彼がその痣《あざ》に口づけた。慈《いつく》しむような仕草で。

どうして？

凜子は彼の腕の中でくりかえし、問う。

けれど答えを聞くことは叶わなかった。

最後に見たのは、自分を愛《いと》おしげに見つめる京之介のまなざし。宵《よい》の陽の光を閉じ込めたような美しい琥珀《こはく》色の双眸《そうぼう》だ。

それきり、彼女はすうっと意識を失い、そのまま深い眠りに落ちた。


「おい、姉ちゃん、いつまでそこで寝てんだ？」

ぴたぴたと頰《ほお》を叩かれて、凜子ははっと目を覚ました。

鈴梅かと思ったら、五十絡みのおじさんが顔を覗《のぞ》きこんでいる。人型の妖だろうか？

凜子は半身を起こした。あたりを見回すと、山、山、山、山だった。自分は、山の中腹に設けられた見晴らしの良い展望台の長椅子《ながいす》に横になっていたのだ。

「あれ……、私、ずっとここに……？」

「ああ。俺が上ってきたときからずっと寝てるさ。たしかに気持ちいいとこだけどよ、おたくみたいな若い娘がひとりで寝てるなんて、なんだか危なっかしいからよ。手荷物も盗まれたら困るだろうし」

善意で声をかけてくれたようだ。

「手荷物……」

見ると、ベンチの下には凜子の旅行鞄《かばん》が置いてある。こんなもの、持ってきたっけ？

それに京之介の姿がない。朧車《おぼろぐるま》もだ。

湯屋を出たときは夕方だったのに、いつの間にか夜も明けている。

「あの、ここ、どこですか？」

「どこって、箱根《はこね》の山だよ」

「えええっ、箱根？」

凜子は仰天《ぎょうてん》して声をあげた。それは人間界の地名ではないか。

「じゃあ、温泉郷から、元の世界に帰ってきたってこと？」

凜子は立ち上がると、展望台の手すり越しに、もう一度あたりを見回してみた。

緑の美しい山々と、見慣れた感じの山村が広がっている。展望台の案内板などからしても、人間界であることは間違いない。

「今日は何月何日ですか？」

凛子は思わず尋ねる。

「あー、四月三日だっけか。姉ちゃん、大丈夫か？」

「はい、すみません、大丈夫です」

日付のずれはない。あのまま寝て、一夜をかけてここに帰ってきたようだ。

「じゃ、俺は行くわ」

おじさんは右手を上げて挨拶《あいさつ》すると、ひと安心したようすで先に山を下りていく。

「結局、帰してくれたんだ……」

凛子は狐につままれたような心地のまま、その場にひとり立ち尽くす。

「でも箱根って」

そこは奥出雲《おくいずも》ではないのか、と突っ込みたくなったが、いつどこが、どこと、どのように繋《つな》がるのかはわからないのだと京之介は言っていた。今朝、温泉郷とつながったのが、たまたまこの場所だったのだろう。

きっとはじめから、凛子を人間の郷に帰すつもりで朧車に乗せた。薬屋の卯月のところで頼んでいた〈裏地図〉だって、この道筋を探すためのものだったのだ。

すべて夢だったのではないか。

ひとりになると、ふいに、そんな思いに駆られた。今、目の前に広がるのは、湯けむり香る温泉郷ではなく、人の世界のすがすがしい山村の景色だ。

凛子は、寝ていたために少々乱れた結い髪から、手探りで帯飾りを探した。

それはすぐに見つかり、揺らせばさらさら……と水琴鈴《すいきんれい》の音がした。

あの温泉郷で何度も聞いた繊細《せんさい》でやわらかな鈴の音。自分がちゃんと生きている証《あかし》だ。

京之介は、もともと凛子をこっちに帰すつもりでいたのだろうか。

それとも異類婚姻譚《たん》にあるように、恩返しのために花嫁にしたものの、凛子が拒《こば》んだから、また帰してくれたのだろうか。

手切れ金のことがひっかかった。まだいくらも支払えていない。恐ろしい成婚の杯のことも思い出される。

けれど彼の言葉を借りて言えば、ここは人間の郷なので、黄泉の国の決まりは通用しない——で、いいのだろうか。

「まさか、里帰りさせてやっただけとか言わないよね？」

凛子は思い出したように、左の手首を見てみた。最後に彼がふれた場所だ。

噛《か》み痕の痣は残っているが、まだ妖を見ていない。

「オサキ」

ポーチを開けて小声で呼んでみても、やっぱり犬神鼠は出てこない。たまたまいないだけなのか。もう見えなくなってしまったのかはわからない。見えないなら少し寂しい気もするけれど、今はなぜか、ひとりでも寂しくないと思えた。

本当にひとりぼっちの職無しだけど、あんな変テコな温泉郷にも馴染《なじ》めたのだ。元の慣れた世界なら、より図太く、逞《たくま》しく生きていけそうだ。

ありがとう、京之介さん。

凛子は心の中で感謝しながら、手荷物をもって、山を降りはじめた。

箱根からなら、なんとか交通費も足りるだろう。二泊三日のはずが一週間にもなってしまったけれど、身も心もリフレッシュできて、有意義な温泉旅行だった。

家に帰ったら、仕事を探そう。また何もかも、一から始めるのだ。きっと良き縁《えにし》に恵まれてうまくいく。そんな予感がする。

それから凛子は、鞄の中からスマホを取り出して画面を見てみた。電波は通じている。

彼女は、この世界でやらなければならないことを思い出していた。唯一の友達、ユキちゃんとの約束だ。

誕生日おめでとう。あたし、半月後に一時帰国するんだ。ちょっと遅れるけど、お祝いしてあげる。四月末の土曜、午後六時でいい？　なんかおいしいもの食べに行こ。

Yuki

それが、凛子の誕生日に届いた彼女からのメールだ。とても楽しみにしていたのに、異世界にいたせいで思い出せなかったらしい。

約束にはまだ間に合う。

ほら、世の中、捨てたもんじゃないんだわ。凛子はなぜかそう思えて、ひとり、くすりとほほえんだ。

※この作品はフィクションです。実在の人物・団体・事件などにはいっさい関係ありません。

集英社オレンジ文庫をお買い上げいただき、ありがとうございます。
ご意見・ご感想をお待ちしております。

● あて先
〒101-8050　東京都千代田区一ツ橋2-5-10
集英社オレンジ文庫編集部 気付
高山ちあき先生

異世界温泉郷
あやかし湯屋の嫁御寮

集英社
オレンジ文庫

2018年12月23日　第1刷発行

著　者　高山ちあき
発行者　北畠輝幸
発行所　株式会社集英社
〒101-8050東京都千代田区一ツ橋2-5-10
電話【編集部】03-3230-6352
【読者係】03-3230-6080
【販売部】03-3230-6393（書店専用）
印刷所　凸版印刷株式会社

※定価はカバーに表示してあります

ISBN 978-4-08-680227-7 C0193